怪怪復仇者聯盟

文 王文華　圖 托比

序

踏上西遊，拜訪妖怪！

我家拜齊天大聖。他在二樓神明廳，手持金箍棒，神情威武。

我曾好奇的調查同學家：最熱門的是拜媽祖娘娘，第二高票是大慈大悲的觀世音菩薩，然後是什麼王爺什麼大帝，只有我家供奉齊天大聖孫悟空。

忘了介紹，我家在大甲，鎮瀾宮海內外聞名，每年要去北港朝天宮繞境進香，家家戶戶拜媽祖很正常。

小時候，我的好奇心強，例如：大甲的媽祖，北港的媽祖外加大甲去北港沿路的所有媽祖廟，不都是同一個媽祖嗎？為什麼要趕著三月小陽春，從大甲往北港走上七天六夜？

既然都是媽祖廟，拜一間不夠嗎？

這疑問，我是看完西遊記才找到解答的。

齊天大聖有七十二變，觔斗雲一翻十萬八千里，如意金箍棒十萬八千斤重。

沒人比我更熟悉他的。這點我有自信，因為他就在我家二樓神明廳嘛。

孫悟空的絕招很多，其中之一就是拔一把毫毛，嚼一嚼，變出幾千幾百個分身。

當時我想，媽祖娘娘一定也跟齊天大聖學了這門法術。她身上沒猴子毛，但是她有頭髮呀，忍痛拔一小撮，嚼一嚼，就能變出幾千幾百個媽祖娘娘，然後從澎湖天后宮一直到大甲鎮瀾宮再彎去北港朝天宮，這裡一個分身，那裡一個分身。小五那年，我媽帶我去進香，其實就是去拜訪這些分身，那其實比較接近便利商店集點換獎品，每一個分身拜一拜，拜得愈多，蒐集的法力就愈高，最後就能讓願望成真。

沒錯吧。

小五進香那年，我的包包裡有一本西遊記，全本文言文的。

不是我語文程度高，只因為我家沒其他故事書，我又是文字控，包包裡得有書呀。進香的路上，我半猜半讀的讀完它。

愈看愈覺得孫悟空了不起，西天路上多少妖怪呀，他要侍奉一個遇到困難就掉眼淚的師父，碰到不如意的事就喊解散的豬師弟，對了，師父還懷疑他、誤解他，動不動就叨念著緊箍兒咒。

孫悟空有通天的本領，卻被咒得在地上打滾兒，他怎麼不跑呢？他只要翻個觔斗就十萬八千里了呀，難道唐僧的咒語能千山萬水的追下去？

更好笑的是那些妖怪。

明明都抓到唐僧了，卻沒人敢一口吃了他，總是很有規矩的互相警告：「唐僧有個大徒弟不好惹，只有把孫悟空抓起來了，才能安心享用。」

唉，這些笨笨的妖怪，怎麼沒有一個嘴快的，硬要一口咬了唐僧，那就長生不老了，既然長生不老了，那就不怕孫悟空的鐵棒了呀。

怎麼沒有妖怪想到呢？

《妖妖要吃唐僧肉》集合了西遊記裡貪吃的妖怪，來吧，嘴快一點，看誰先啃到唐僧肉。

西天路上，妖怪其實也有很厲害的，像是獨角犀牛王，他的金鋼琢把大大小小神仙的法器都收掉了；像平頂山三魔王，他的翅膀一揮九萬里，揮兩下就贏過孫悟空了……

這些厲害的妖怪們，你們怎麼會戰敗呢？

組個妖怪聯盟不行嗎？齊天大聖要出動如來佛才鎮得住，如果把這些比孫悟空還厲害的妖怪找來組成聯盟……哇，於是有了《怪怪復仇者聯盟》。

西遊記裡的妖怪，其實有很大一部分來自天庭，像是奎木狼星，像是嫦娥身邊的小白兔，像是金角、銀角，他們放著天庭裡長生不老的幸福日子不過，何苦下凡當妖怪？

一定有什麼陰謀，神魔不分，《都是神仙惹的禍》說的就是這些分不清是神是魔的妖怪。

孫悟空有金箍棒，鐵扇公主有芭蕉扇，加上陰陽二氣瓶，會吸人的紫金葫蘆，如果拿這些神奇寶貝來做排行，我想第一名是金剛琢，第二名應該是芭蕉扇，什麼，你不同意我說的？沒關係，讀完《神奇寶貝大進擊》，人人心中有把尺，人人都能評出自己的神奇寶貝排行榜。

寫【奇想西遊記】這套書時，我一直在爬梳，想理清這麼多妖怪的真面目，寫著理著，慢慢的我發現一個真理，想當個好妖怪，除了頭怪腳怪身體怪，還有個性也要很古怪。說起古怪，這世上每個人都有點兒小小的怪吧？

有的人愛錢，要他捐一毛錢，那比殺了他還痛苦。怪不怪？

有人貪吃，除了嘴巴，其他四肢根本不想動。怪不怪？

有的人嗜賭，即使砍了他十根手指頭，他照賭不誤。怪不怪？

還有人為了分數，作弊、偷翻書，考完了還分分計較。你說怪不怪？

人人血液裡都有一點兒「怪怪」的基因，有的人怪得很可愛，像是愛畫畫愛小貓；有的人怪得挺可怕的，像是愛喝酒愛打架……

愈想愈明白，原來妖怪始終來自於人性，沒有這麼多怪怪的人類，哪來這麼多反應人性的妖怪？

這些妖怪就像一面面的鏡子，他們埋伏在西遊路上等你光臨，我們也要感謝他們用自己妖怪的惡名，替我們承擔世上這些怪怪的惡。

好囉，咱們踏上西遊，拜訪這些妖怪吧！

目錄

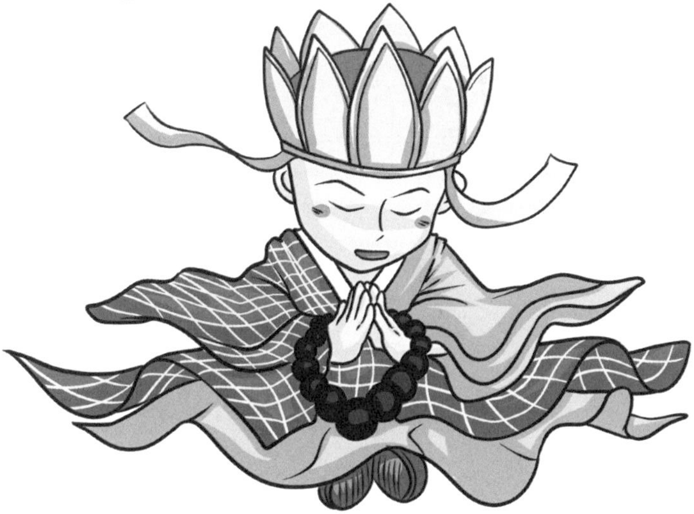

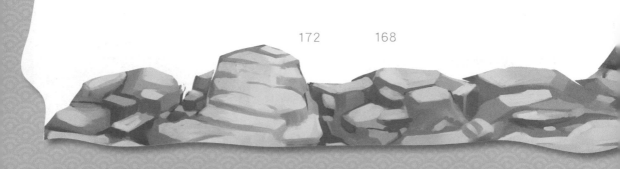

人物介紹

取經四人組

唐三藏

又名唐僧

- 法術：緊箍兒咒
- 戰鬥指數：0

唐三藏善良仁慈，奉唐太宗的命令去西天取經，他唯一的絕招是緊箍兒咒，咒得孫悟空疼痛不已。真實的唐僧，其實是唐朝著名的玄奘法師，他獨自一個人，花了十九年的時間到印度取回佛經，翻譯成中文，是中國佛教史上的偉大翻譯家、旅行家。

孫悟空

又名孫行者、美猴王、齊天大聖

- 兵器：如意金箍棒
- 法術：七十二變、觔斗雲
- 戰鬥指數：99
- 最怕：緊箍兒咒

孫悟空出生於東勝神州花果山一顆大石頭，跟著菩提祖師學法術，他大鬧天宮後，被如來佛鎮壓在五行山下五百年，經過觀音點化，保護唐僧往西天去取經，這一路上，遇妖降妖，遇魔伏魔……

沙悟淨

又名沙僧、沙和尚

・兵器：降妖寶杖
・戰鬥指數：69

沙悟淨原是天上的捲簾大將，因為失手打破琉璃盞，誤觸天條，被逐出天庭後，在流沙河裡興風作浪。經過觀音菩薩點化，是取經四人組最後加入的成員。

豬八戒

又名豬悟能

・兵器：九齒釘耙
・法術：三十六變
・戰鬥指數：72

豬八戒法號悟能，本來是天上的天蓬元帥，因為酒醉調戲了嫦娥仙子，被處罰下凡投胎做人，只是他誤入畜牲道，變成了豬頭人身。因為懶，只學了三十六變化，變身時，長鼻子永遠變不掉，雖然人在取經路上，卻老想著回高家莊，繼續做妖怪去。

獨角仙

・法術：睡覺大法
・戰鬥指數：10

獨角仙原本是一顆只會睡覺、很混很混的卵，靠著睡覺變成妖怪，是西遊記裡第一個出現的妖怪，可惜他這種混出來的功夫太差勁了，孫悟空一腳就把他踩進土裡，這一腳，又讓他重回土裡待了五百年。這五百年裡，他夜夜作夢，只想向孫悟空報仇，誓言要組復仇者聯盟。

滅法國國王

・法術：沒有
・戰鬥指數：5

滅法國王做了夢，夢見神仙要他去殺和尚，這國王也沒問清楚，竟在夢裡答應神仙的話。神仙的指令他執行得很徹底，一共殺了九千九百九十六個和尚，還缺四個呢，結果，這天聽到東土來了四個取經和尚。國王興奮極了，只要加上這四位，那就湊滿一萬了。

黑風大王

・兵器：黑纓槍
・戰鬥指數：85

黑風大王是頭黑熊，經過多年不斷修煉，終於煉成一身本事。可惜，他會變牛變馬，卻無法變掉一身的黑毛，俗話說，人要衣裝佛要金裝，黑風大王當然也需要一件好衣裳，他得到消息，唐僧有件錦繡袈裟，號稱美霸妖怪界的黑風大王當然想要得到它，結果⋯⋯

孤島老妖精

・原形：六耳獼猴
・兵器：如意金箍棒
・法術：孫悟空會的他都會，孫悟空不會的，
他說不定也會
・戰鬥指數：102

孤島老妖精，像個鬼靈精，實力比孫悟空高上一小截。他住在孤島上，太寂寞了，這回有機會假扮孫悟空，開心的駕著觔斗雲。真假兩個孫悟空，唐僧分不清，照妖鏡分不明，連觀音也頭疼，那該找誰來辨分明呢？快翻開書來看看吧。

車遲國三老道

虎力大仙

- 原形：黃毛大老虎
- 法術：祈雨，雲梯顯聖，砍頭
- 戰鬥指數：20

鹿力大仙

- 原形：白毛角鹿
- 法術：隔板猜物，剖腹剜心
- 戰鬥指數：15

羊力大仙

- 原形：山羊精
- 法術：冷龍護身，油鍋洗澡
- 戰鬥指數：14

二十年前，車遲國大旱災，全國和尚祈不到雨，虎力大仙帶兩個師弟鹿力大仙、羊力大仙卻祈來大雨，解除旱災，於是國王奉他們為國師，從此車遲國只敬道教，和尚全被趕去當奴僕。唐僧師徒到了車遲國，孫悟空放了那些和尚，惹惱了這三位老道士，決定跟孫悟空來場大鬥法。

1 混世魔王

一顆小小白白的蛋，在潮溼溫暖的土壤裡睡著。

牠的兄弟姊妹爭先恐後的變身，一隻一隻蛻變成小蟲，牠仍然賴在土裡。

小蟲們漸漸的長大，白白肥肥軟軟，哦，原來是雞母蟲，那是獨角仙的幼蟲嘛。

獨角仙，是很容易變成神仙的喔。

快樂的雞母蟲，期待破土而出，成為真正的獨角「仙」。

「那一定很神氣。」

「帥呆了。」

「我們是酷斃的獨角仙。」雞母蟲大哥踢踢腳邊的石頭，咦，石頭不像石頭，白白的，小小的，像是……

一顆蛋，或是一顆卵？

「牠還不起床呀？」雞母蟲大哥問。

「真是混，一顆很混的蛋，那不就成了混……」

溫暖的土壤裡，傳出雞母蟲的笑聲，輕輕淺淺，惹得地面小小的震動。

土壤被誰掀開了，牠們欣喜的發現：

「哇！藍天好美。」

「哇！白雲好軟呀。」

「哦——這隻鳥好可愛喔！」雞母蟲大哥叫著。

那其實是一隻公雞，公雞輕輕一啄，雞母蟲大哥成了牠的午餐。

接著是二哥、三哥、大姊、二姊……還沒成仙，先成了公雞的豪華午餐，沒吃完的雞母蟲，公雞統統打包帶回雞舍。

土裡只剩下那一顆混……

牠一直在睡覺，日昇月落，颳風下雪，閃電雷鳴，外面世界春來秋往都與牠無關。

足足再睡五百年，牠成了一隻滿頭白髮、滿臉皺紋的老雞母蟲。

五百年後的土壤裡，一樣有很多雞母蟲，牠們都是其他獨角仙的後代，愛嘲笑人的個性照樣遺傳了下來。

「哈哈哈，好老的雞母蟲。」

「簡直像是一塊化石。」

「那應該叫牠雞爺爺蟲嘍！」

「雞爺爺蟲？好好笑喔。」

所有的雞母蟲都在笑，笑聲輕輕淺淺，惹得地面一震一震。

土塊又被掀開來了，悲慘血腥的畫面再度上演了。

在這群雞母蟲「美好的天空、可愛的鳥兒」讚嘆聲中，那隻公雞的後代，輕輕一啄，又替自己找到午餐了。

一隻一隻又一隻，牠吃得那麼優雅那麼愉快，就像待在優雅的餐廳包廂。

吃著吃著，肥肥嫩嫩的雞母蟲被吃光了，剩下一顆滿頭白髮的……石頭？

這隻公雞後代抹抹嘴巴，神氣的將雞爺爺蟲踢到一旁，咚的一聲，雞爺爺蟲頭下腳上的倒插在土裡。

雞爺爺蟲生氣又憤怒：「我不是石頭！」

抗議沒有用，公雞趾高氣昂走了。

雞爺爺蟲呢，頭下腳上的插著呢。

這麼倒立著，一定很難受。

他又氣又怒，可惜的是，一顆再生氣的石頭，也不能怎樣呀。

氣呀氣呀，他就這麼睡著了。

這段時間，一隻猴子駕著小船出海尋仙；一隻小豬在月宮當將軍；一個河童在流沙河裡練武功。

春去秋來，夏走冬至，掐指算算，又是五百年……

咚的一聲，五百年後一隻公雞追著蚯蚓，不小心踢翻一顆睡著的「石頭」。

這顆「石頭」翻翻滾滾，最後一翻，哇——雞爺爺蟲終於翻正了，牠睜開眼睛，咬牙切齒：「我睡得好好的，你幹麼踢我！」

石頭會講話，公雞覺得很好笑：「踢就踢，怎樣，你咬我呀？」

「好……我就咬你。」

說咬就咬，雞爺爺蟲嘴裡冒出上下四排尖尖的利牙，身體長出兩根細細長長的腳，牙齒上下相碰，發出咔咔咔的聲音，細長的腿邁開大步猛追公雞。

公雞揉揉眼睛：「這是什麼妖怪呀，不但變出牙齒，還長出腿來。」

救命，有妖怪！

雞爺爺蟲追啊，撞倒一隻麻雀，踩扁四隻蟑螂。

公雞害怕了：「母雞呀，小雞呀，咱們快快跑，一顆笨石頭變成妖怪啦！」

說真的，雞爺爺蟲也很意外，他怎麼會想長尖牙就長尖牙，想長腳就長腳？

仔細想想，一點兒也不怪，他可是在地底睡了一千年之久，變成妖怪也沒什麼好奇怪！

農場裡的大雞、小雞停下動作，不啄蚯蚓，不追雞母蟲，牠們歪著頭，張著嘴：「從沒見過石頭追公雞。」

對，那畫面真好笑，那時沒手機，不然就能立刻傳上ＦＢ。

母雞提意見：「你是公雞，你怎麼會怕一顆石頭？」

小雞也有意見：「爸爸呀，你應該要勇敢一點呀。」

公雞想想也有道理，一顆跟雞母蟲一樣大的石頭有什麼好怕的呢？嘰的一聲，公雞踩住地面，轉身，用一隻雞爪按住雞爺爺蟲：「你只是一顆小石頭，你沒看見我長得這麼高，這麼壯嗎？」

「你瞧不起我？」雞爺爺蟲狠狠吸了一口氣，奇怪了，像吹氣球一樣，他立刻變得跟公雞一樣大，把那隻公雞嚇得往後一倒，滾了一圈。

母雞、小雞亂成一團：「石頭，石頭妖怪呀！」

雞爺爺蟲很得意，於是他又吸了一口氣，又變大了一圈：「原來，我想怎麼長就怎麼長，原來我這麼厲害！」

吸氣呀吸氣，他很快就比肥豬胖。很快，就比黃牛高。

最後他成了一座小山。

夕陽西下，雞爺爺的肚子咕嚕咕嚕的叫了起來。

一千年來，他第一次覺得肚子餓，很想吃什麼東西。

低頭瞧瞧，地上有頭「小」黃牛，他毫不客氣的吞掉黃牛。

咕嚕咕嚕，肚子還很餓。

於是，三隻「小」肥豬也成了他的晚餐。

咕嚕咕嚕，肚子提醒他，還餓餓的喔！

七隻小羊、十八隻公雞、三十二顆小鳥蛋，統統進了他的肚子裡。

滿意了嗎？

咕嚕咕嚕，咕嚕咕嚕，肚子仍在抗議呢，說的也是，不管是誰，一千年沒吃東西，肚子都會這麼叫的。

他看看四周，原來這是一座小島，島上寫了一些字。什麼字呢？雞爺爺蟲看不懂，這也難怪，別的妖怪都是真刀真鎗修練成精，有空時就讀讀經書，學習怎樣延年益壽、念訣催符的本事。

雞爺爺蟲只靠睡覺神功混成妖怪，這麼混，看不懂「花果山」那三個字很正常，認不出「水簾洞」那三個字也很應該。

還好，島上猴子多，伸手就能抓一隻，張開大嘴，猴肉大餐應該也不錯。

他正要把猴子丟進嘴裡，那猴子急忙喊停：「大王，花果山上水果多，水果營養豐富好吃又可口，您吃水果，別吃我！」

「水果？你還不快去採呀？」雞爺爺蟲連採水果都懶得動呢。

「請問大王怎麼稱呼？」小猴子問，「我請大家來向您鞠躬。」

「我呀……我原本是一顆混……，唉呀，我還沒有名字呢。」講到

這裡，雞爺爺蟲自己都不好意思了，總不能告訴這些猴子，他是一路混過來的吧。

「混……」精明的小猴子搔搔腦袋。

「混什麼呢？」島上的猴子幫忙動動腦。

史書上有記載：三隻小猴子，勝過一隻雞爺爺蟲。他們討論之後一致同意：

「大王，妖魔世界裡，沒人比您混，您應該叫做『混世魔王』，由您來統率我們最恰當了。」

2 獨角仙

晴朗的天氣，溫暖的和風，小猴子合唱團正在為混世魔王表演。

魔王混混，混混魔王，
猴子滾滾，滾滾猴子，
花果山上與世無爭，
魔王法力無人能擋……

歌聲輕輕柔柔，和風徐徐涼涼，魔王的眼皮愈來愈重，愈來愈重，

愈來愈重了……

如果再睡個五百年，混世魔王希望能混個更厲害的魔法來。

更厲害的魔法是什麼呢？

魔王腦袋突然清醒起來，難得的思索：

隱身法？顛倒咒？還是飛行術？

飛行？

魔王精神大振，睜開眼睛一瞧，好多鳥兒正在他眼皮上下飛翔。

多可愛的鳥兒，嘰嘰啾啾的。

那麼，就來混個飛行術吧！

魔王做其他的事情都很混，但是對於飛行這件事，他可是很認真的呢！

「我一定要飛上天。」魔王振臂疾呼，努力瞪著小鳥。瞪瞪瞪瞪的，瞪得眼花撩亂。魔王希望能混出一對翅膀，不對，牠希望混出十二對翅膀。

更多翅膀，更快的飛行。

小猴子唱著歌，覺得魔王高深莫測：突然長出尖牙，突然長成小山高，突然盯著蒼蠅不放。

原來，繞著魔王嗡嗡嗡叫的是蒼蠅，不是小鳥。

厲害的是，魔王看著蒼蠅飛了一上午，到了下午，背上真的長出兩對小小的翅膀。

「哈哈哈，我能飛啦。」魔王興奮的拍拍翅膀。

拍呀拍呀，他拍得那麼認真，拍得滿臉通紅，翅膀都快拍斷了……

哈哈，飛不起來。
花果山

「連一公分也飛不起來呀。」猴子們指著他大笑。

哈哈哈，哈哈哈，取笑魔王的聲音太大了，連海都跟著「嘯」起來，一陣海嘯又一陣海嘯的湧向花果山。

「不准笑！」混世魔王惱羞成怒，啪達啪達追著猴子跑。

眼看只要再一步就要抓到小猴子了，猴子們卻停了下來，呆呆的望著天空。

難道天上掉下了香蕉？

魔王看看天空，他也看呆了。

天空上有朵小小的雲，從遙遠的天邊飛來，停在花果山空中，一動不動。

雲上還有隻猴子，個頭不大，口氣不小：「小的們，大聖爺爺回來

啦。」

「大聖爺爺回來啦！」

「天哪，真的是大聖爺爺。」

「大聖爺爺，您快下來呀。」

那隻小猴子跳下雲來。啊，是孫悟空嘛，他學會七十二變，還帶回一朵觔斗雲，一翻就有十萬八千里。

「我不在的時候，有沒有人欺負你們呀？」

猴子們指著混世魔王：「大聖爺爺，他欺負我們。」

混世魔王低著頭看了看他，只是一隻小小的猴子。

「聽說你去拜師學藝，學多久了呀？」

孫悟空掰掰手指：「我花了十年功夫找神仙，再用十年時間學七十二變，前後二十年，是我們師父手下的第一高手。」

滿山的猴子大叫：「恭喜大王，賀喜大王！」

花二十年學到這一身本領，真是不容易，想起二十年來的辛勞，孫悟空眼眶泛起淚水。

「笨！」混世魔王指著他大笑，「何必那麼辛苦嘛。」

孫悟空一陣錯愕：「笨？」

「你該學我，睡睡覺，混一混就能混出來了嘛。聽說你是從石頭蹦出來的，腦袋果然跟石頭一樣笨。」

雞母蟲霸占花果山，孫悟空沒有很生氣，畢竟他只是一隻蟲嘛。但是被一隻整天打瞌睡的蟲嘲笑自己笨，孫悟空生氣了，他喊聲「長！」立刻長得比花果山還要高。

孫大王
好厲害！

滿山的猴子拍紅了手：「大聖爺爺了不起！」

混世魔王可不是被嚇大的（對喔，他是混大的嘛），他吸口氣，喊聲「長」。

空氣冷冽，陽光溫暖，嗯，什麼事也沒發生。

這實在有點兒尷尬，混世魔王還是跟原來一樣高。

他想，或許自己喊錯了，所以，他改口喊聲「高……」

沒變高。

喊聲「壯……」

沒變壯。

這個混出來的魔王喊著各式各樣的咒語，希望自己能變得跟孫悟空一樣高。

可惜，他的魔法是睡出來的，能長出牙伸出腿，還多了兩對蒼蠅翅膀已經很不容易了……

他想破腦袋也變不了身，孫悟空一腳就把混世魔王踩回地裡頭。

「兄弟，妖怪不是這麼混的。」

孫悟空歡欣的跳進滿山猴子的懷抱。

烏漆抹黑的地裡頭，混世魔王氣得快爆炸了。

「太可惡了，竟然踩我，我一定會找你報仇的。」

混世魔王只要一閉上眼睛，就會想起孫悟空的腳。

那一腳，把他踩進土裡頭。

真丟臉。

在那麼多猴子面前。

混世魔王愛面子，全身冒著濃濃的煙，煙從土裡冒了出去：「我一定要報仇。」

魔王喊呀喊呀，不知不覺睡著了。

夢裡的魔王在練功，輕功、變身術和飛行法，一邊睡覺一邊練功。

魔王睡覺的時候，孫悟空借了東海龍王的定海神針，跟天兵打了一架。

一晃眼，孫悟空跑上天庭，盜走太上老君的仙丹，偷吃蟠桃園的仙桃，還喝了王母娘娘的仙酒，大鬧天宮後，被如來佛壓在五指山下。

魔王睡得不太安穩，除了練功，孫悟空的影子常飄進他的夢。

「報仇！」

「我要報仇！」

「你不要走，我要……」五百年過後，混世魔王睜開眼睛，四周黑漆漆，對喔，他還在土裡嘛。

撥開土塊，他正想伸伸懶腰，一隻小手把他抓起來：「獨角仙？」

哦——經過這麼多年，混世魔王終於混成獨角「仙」了。

這孩子大叫：「這裡有一隻好畸型的獨角仙喔，金色的角，藍色的翅膀，我要把牠做成標本。」

「你敢！」混世魔王氣得暴跳如雷。

「獨角仙會講話？」那孩子隨手一拋，「妖怪！媽咪，我們家的院子裡有妖怪！」

「我不是妖怪，我是獨角『仙』，看到神仙還這麼沒禮貌？」

混世魔王氣得拍拍翅膀，哇，那是兩對貨真價實的翅膀，他在花果山上繞了兩圈，覺得自己法力大增，該去找孫悟空報仇啦。

3 黑風大王

觀音禪院裡，來了稀客：大唐來的僧人，要往西天大雷音寺取經去。

禪院裡六百個僧人，有老有少，有胖有瘦，這會兒擠在金池長老禪房前，為了一睹取經人的模樣。

取經人有四位，帶頭的是個白白嫩嫩的和尚。

「哼！憑那白臉書生的樣子？」第一個僧人搖搖頭。

「西天有幾萬里遠，他去得了？」第二個僧人嘆口氣。

「我準備了十年，存了三十萬兩銀子也還沒備齊行李，我都不行了，他行嗎？」第三個僧人笑聲太大，金池長老看了他一眼。

那一眼，大家都懂，出家人四大皆空，不能取笑他人。

天氣涼，茶水香，金池長老派人取出白玉盤。盤裡八個鑲金杯，一把白玉壺，件件都是寶。

取經人叫唐三藏，他客氣的說：「謝謝長老，這實在太隆重了。」

「你們大唐國地大物博，你身上一定也有很多寶貝吧？」金池長老忍住驕傲的說。桌上那些杯子、茶壺多嬌貴，只有他看上眼的客人，才會搬出來獻寶。

「出家人，能有什麼寶物呢？再說，路途這麼遠，也不方便帶。」

旁邊一位雷公臉的和尚低聲說了句：「師父，您包袱裡有件袈裟，拿出來……」

滿院和尚耳朵尖，人人把頭搖成波浪鼓。

「袈裟？」

「唉，連破袈裟也當成寶貝呀？」

小和尚們插腰擺頭：「丟臉丟臉真丟臉，在我們師祖面前拿袈裟來現，遜遜遜！」

聽到這兒，金池長老也忍不住笑：「老衲活到二百七十歲，袈裟少說也有七、八百件。」

雷公臉和尚輕聲笑了笑：「是嗎？那請長老拿出來讓我們欣賞欣賞吧！」

「看袈裟……哎呀，也沒什麼好看的吧？」金池長老嘴巴這麼說，心裡可得意了，難得有機會秀秀自己的收藏品，這可要好好把握。

三、四十名弟子進屋，流水般抬出十二個櫃子，長老從腰袋拿出一大串鑰匙，邊開鎖邊說：「沒什麼，沒什麼，就只是幾百件袈裟。」說著說著，袈裟一件一件抖開來，金的金，銀的銀，花花綠綠，掛滿了前院後院。

「仔細看看吧！我們老師父隨便拿一些出來就這麼多，」觀音禪院的和尚們取笑說，「什麼大唐來的窮和尚，一件袈裟還當成寶貝看呢！」

雷公臉和尚在嘲笑聲中，隨手挑挑看看，笑了笑：「好啦好啦，收起來了，看看我們師父的吧！」

「可憐喔。」

「他真的想獻寶呀？」

「真是大唐土包子。」和尚們笑的笑，譏的譏，那雷公臉和尚也不理大家，打開一個行李來，掀開布巾，裡頭是油紙，油紙慎重的包了三層，去了紙，慎重的拿出一件袈裟。

那袈裟一抖開來，紅光瞬間迸裂，彩氣在屋裡流轉，袈裟上縫了數十顆明珠，金絲銀線鑲的邊，布是江南絲繡，每一根絲都閃耀著光芒。

「太……太美了。」和尚們說。

「唉呀，看了人家的袈裟，我們師父的像……」

他們回頭望一眼，長老那七、八百件袈裟，登時黯淡無光：「像烏鴉，丟臉哪！」

金池長老心情激動：「唐師父，您的袈裟能借老衲看一夜嗎？」

「這……」唐三藏擔心。

「大唐來的貴客，千萬別小氣，借老師父看一夜嘛。」滿院的和尚求起情來了。

唐三藏還在猶豫，雷公臉小和尚打包票：「師父放心，老孫今夜在屋頂守著，沒事，借他們欣賞欣賞吧。」

那一夜，金池長老哭得好傷心，出家人應該四大皆空，但金池長老對那件袈裟「空」不下來。

「真是沒福分，老衲白活了二百七十歲，竟然沒穿過這種衣服。」

老師父都二百七十歲了，這麼哭不是辦法。

徒弟們你看看我，我看看你，終於，大徒弟想了一計：「師父放心，想穿這袈裟，沒問題。」

金池長老不太相信：「咱們這裡沒賣這種衣服呀。」

大徒弟笑說：「所以，我們就把這件袈裟留下來呀，今天晚上夜黑風高，禪院如果不小心走了火……」

長老很擔心：「你們想放火？這麼壞的事……」

「師父，禪院四周沒有人家，如果不小心失了火，把那師徒四人燒了，也沒人知曉呀。從此，這件袈裟就成了觀音禪院的傳院之寶，您想穿多久就穿多久。」

「壞，壞，壞，你們真壞。」長老說，「但是，我喜歡，唉呀呀，我要是穿上那件袈裟，再活個一百歲，你們說，那該有多好哪！」

這長老連忙指揮徒子徒孫搬木柴，拿火把，做壞事做得不亦樂乎。

後屋裡，唐三藏問：「半夜哪來這麼多腳步聲？悟空，去看看。」

哦——原來這雷公臉和尚是孫悟空，他變成一隻小蜜蜂，拍拍翅膀，飛到半空。

哦——一群和尚來來往往，忙著在他們住的屋子四周，堆滿柴火。

「好一群壞心僧人。」

孫悟空本事高，飛上南天門，先向托塔天王借了「辟火罩」，罩在後屋上：「這下子，有再大的火也不怕。」

他拍拍手，飛到金池長老屋子上，蹺著二郎腿，守袈裟。

轟的一聲，大火燒起來了，辟火罩發揮功能，後屋大火衝天，屋子裡卻絲毫無損。

「老孫幫幫你。」孫悟空吸了一口氣，朝著大火吹去，風助火勢，火光向上竄騰了幾十丈，不止燒後屋，火拚命向前跑，燒向西殿、東殿，被風帶著又燒向了大殿、前殿，那麼大的火，遠在二十里外也看得清清楚楚……

二十里外，黑風大王正在做好夢。

他在夢裡穿著金光燦爛的新外套，黑風山上的精靈、妖怪豎著大姆指讚嘆：

「大王，您這穿件衣服真好看。」

「這麼高貴的外套，也只有大王穿著才好看呢。」

「古往今來第一美妖王。」

「稱霸西天路上的美妖王。」

黑風大王高興的擺擺身子，正想誇誇大家，一陣敲門聲，敲走他的美夢。

「大王，大王，喜事呀！」金角藍翅膀的小妖說。

黑風大王有點氣惱：「什麼喜事？」

「有件美霸妖怪界的衣裳，出現在二十里外。」

「美霸妖怪界的衣裳？」黑風大王興奮的勒著小妖的脖子問：「快說，快說，在哪裡？」

小妖指指脖子，他無法喘氣，眼睛都快凸出來了。

黑風大王鬆了手，依然扯著他的領子：「你快說，那衣服在哪裡？」

小妖大口吸了一口氣：「大王，您答應我一個條件，我就告訴您美霸妖怪界的衣服在哪裡？」

「你先告訴我在哪裡，我再答應你。」

「一言為定？」

黑風大王不耐煩的說：「對啦，對啦，一言為定，妖怪雲難追，衣服在哪？」

「二十里外，觀音禪院。等你拿到衣服，我們兩人組成復仇者聯盟找孫悟空報……」

金角藍翅膀小妖還在說，不過，他是對著空氣說的，因為，黑風大王性子急，他怕衣服被人搶了去，小妖話還在說，他已經跳到半空中，小妖說完話，他已經消失得無影無蹤。

「沒禮貌，你應該聽我把話說完。」這隻金角藍翅膀小妖怒氣沖沖，普天之下，這麼愛生氣的，好像只有混世魔王。

不過，混世魔王經過這五百年的睡覺修煉大法，變成了金角藍翅膀的獨角仙。

只有妖怪才這麼喜歡變來變去吧？

也或許，只有喜歡變來變去的，才能當妖怪吧？

總之，獨角仙還在說，黑風大王乘著黑風，飄到了觀音禪院外。

觀音禪院的宮殿失火了，滾滾濃煙伴著大火，和尚們僧衣都被燒破了，不斷高喊著：「失火了，救火呀！」

「金池長老是好朋友，不能不幫忙。」黑風大王正想幫忙救火，不過，他眼尖，發現長老的禪房上無火無煙，窗戶裡一片霞光彩氣。

「那是……」他悄悄飛過去，探頭一看，禪房正中央，有個包袱，霞氣就從那裡流淌出來，他輕手輕腳打開包袱，一時間，竟被光彩逼得幾乎睜不開眼睛。

失火啦！

真是一件華麗非凡的錦繡袈裟，只打開一角已經彩氣盈庭。

這樣的寶貝，絕對美霸妖怪界！黑風大王不取水、不救火，他悄悄把包袱揣在懷裡，拉著黑色輕風，悄悄飄至黑暗處，這才躍上雲端，回返山洞。

心情激動，雙手顫抖，黑風大王一把包袱打開，眼睛就捨不得眨。

「美美美，美呆了。」

旁邊有個小妖，聲音尖尖的：「衣裳拿到手了，你要替我報仇。」

那是獨角仙，「我們要組復仇者聯盟，多找一些妖怪來。」

「向誰報仇啦？」黑風大王眼睛捨不得離開袈裟。

「孫悟空！」獨角仙說，「他曾經大鬧天宮，有七十二變的法術，我打不過他，你要集合天下妖怪的力量，組成復仇者聯盟。」

「孫悟空？」黑風大王問，「他是哪裡來的妖精？」

「他是隻猴子精，你只要替我報了仇……」

「猴子精有什麼本事？別擔心，等我試過衣服再說。」黑風大王笑著拉開衣櫃，他的衣櫃裡，有風衣、外套、披風，每一件都是縣城裡胡七七的手藝。

黑風大王是修練有成的熊妖，法術高強，可惜變不掉一身黑。他試過美白、護膚、去角質的全套流程，出門前還會唸整套的防晒咒，可惜，黑就是黑，再厲害的美容師也幫不了他。

不能化裝，至少也要衣裝呀。

黑風大王知道縣城裡胡七七的手藝好，黑風大王把他抓到黑風洞，逼他做了一百件外套，一百件長褲，一百件背心，一百件……

胡七七手工限量的外套，在縣城一件可抵一間三合院。平常人想買件胡七七手工外套，十年不吃不喝才買得起。黑風大王闊氣，滿櫃都是胡七七的手藝。

但是現在……

這件袈裟一拿出來：「這手工、這布料、這款式……」黑風大王看了整整兩個時辰，眼睛從沒離開它一公分。

「記得去報仇。」獨角仙提醒他。

「囉嗦。」黑風大王踢他一腳：「等我……試完衣服再說。」

那一腳踢得重，獨角仙從黑風山黑風洞滾到白雪山白雪洞。

黑風大王的朋友多，最常來往的就是觀音禪院的金池長老。

金池長老活到二百七十歲，又是觀音禪院的住持，他的禪房裡有

七、八百件袈裟。

「沒有一件比得上我的，」黑風大王笑嘻嘻，「哈哈哈。」

他動手，把衣櫃裡的衣服都推到一旁，騰出最大的位置給這件袈裟。

如果有了寶貝，卻沒人知道，那就少了一半的樂趣，黑風大王也很想把這件袈裟給其他妖怪們看看：「我有一件美麗非凡的衣服呀，全天下所有的衣服都比不上它。」

黑風洞裡的小妖提議：「大王，辦個唯我獨尊佛衣大會，邀請大夥兒來欣賞您的袈裟。」

「唯我獨尊佛衣大會？」一想到大家羨慕的眼神，黑風大王嘿了一聲：「這提議好，你們快去送請帖呀！」

4 唯我獨尊佛衣大會

送帖子的小妖出門了。

黑風洞裡忙起來了。

刷刷屋子，搬搬椅子，挪挪凳子，捉蛤蟆殺青蛙，大廳請蜘蛛織了紅地毯，洞前掛起螢火蟲燈籠。

客人還沒來，黑風大王先穿著那「偷」來的袈裟，練習走秀。

「我穿這樣好不好看哪？」黑風大王問。

「嗯，好像不太……」一號小妖還沒說完，咚的一聲，黑風大王一掌將他壓成肉餅。

「還不錯啦。」二號小妖說，咚的一聲，又成了肉餅。

「為什麼？」三號小妖問，「他不是說你看起來還不錯？」

「還不錯，三個字裡有『不』也有『錯』，太過分了。」黑風大王說。

三號小妖很機靈：「唉呀，真好看，大王穿起來，真是好看極了。」

黑風大王轉了一圈：「沒騙我？」

「當……然。」三號小妖說，咚的一聲，也成了肉餅。

「反應太慢。」黑風大王自己解釋，於是，全洞響起一片歡呼聲。

「太美了！」

「太好看了！」

洞裡的小妖鼓掌叫好聲中，一個小妖跑來：「大王，外頭有個雷公臉和尚說你偷了他師父的袈裟，要你還給他。」

「偷袈裟？」

小妖們的眼睛，全聚集在黑風大王的身上：「難道那件袈裟是……」

黑風大王當然不能承認自己是小偷：「這衣服，百分之一百萬是胡七七手工限量產的。」

他心裡想的卻是：這和尚也太厲害了，連我偷了衣服都知道。

黑風大王打定主意，偷來的也罷，搶來的也罷，絕不把衣服還他。

於是，作賊心虛的大王，提著黑色長槍，迎著日光，走出門外。

門外有個雷公臉和尚，長得尖嘴猴腮，仔細看，像是一隻小猴子。

這隻猴子很大膽，朝他伸出手：「快把我師父的袈裟還來。」

「哼，哪裡來的野和尚，自己師父的袈裟掉了，竟敢說我偷了去？」

小猴子說：「原來你不知道老孫的名號。我是唐僧手下大弟子孫悟

空，要去西天取經，昨天晚上你去觀音禪院偷了一件袈裟，想辦唯我獨尊佛衣大會，對不對？」

黑風大王笑說：「孫悟空？你是那個大鬧天宮的弼馬溫？」

當年孫悟空被騙上天庭照顧天馬，官名就叫做弼馬溫，他最氣人家提這官名了：「你這個賊，別走，看棒！」

黑風大王側身閃過鐵棒，迎了一槍，兩人騰空跳躍，鬥了數十回合，眼看中午了，黑風大王架住鐵棒：「孫悟空，休息一下吧，吃完午飯再來打架。」

孫悟空不肯：「還了袈裟，再去吃飯。」

黑風大王不理他，虛擊一槍，返身入洞，關了石頭大門，滿心歡喜等著大家來參加「唯我獨尊佛衣大會」。

獨角仙追著黑風大王問：「袈裟都到手了，你趕快替我報仇呀。」

「沒空。」

黑風大王忙著試袈裟，照鏡子，鏡子裡，他的樣子多好看呀。

「鏡子呀鏡子，我是不是全世界全宇宙最帥最俊的妖怪？」

鏡子不會講話，獨角仙會：「你打敗孫悟空，就是最帥最俊的妖怪。」

黑風大王嫌他煩，手一揮，把獨角仙拍到了十八層門外。

「鏡子呀鏡子，我是不是美霸妖怪界呀？」

鏡子沒回答，守門妖拉拉他的褲腳：「大王，金池長老來了。」

唯我獨尊佛衣大會還有兩天才到，金池長老卻這麼早就來，難道想來討袈裟？

一想到這兒，黑風大王急忙藏好袈裟，他愛美，更愛衣服，好衣服要留給自己穿。

金池長老的個子小，走路慢吞吞。今天不一樣，長老健步如飛，從門口快步走過來的樣子，不像是二百七十歲的人。

「大王呀，那件袈裟是我跟唐僧借來欣賞的，只是我還沒看過癮，禪院裡卻失火了，幸好大王把它取走，所以特別來看看它好不好。」

黑風大王心安了，原來不是來討袈裟，只是想看看。

「看看當然可以啦，不過你只能看一會兒……」

「當然當然。」這金池長老笑著說。他笑的時候，那嘴型看起來怪怪的……

好像……

黑風大王正想拿袈裟，巡山小妖跑進來：「大王，送請帖的先鋒被孫悟空打倒在路邊，他變成……啊，」小妖看見金池長老，「這個金池長老是孫悟空變的。」

黑風大王仔細一看，對面的長老笑起來明明就是猴子樣。

孫悟空把臉一抹，現了本尊，兩個人從洞口打到山頭，從山頭殺到了半空中。黑風山上飛砂走石，山谷噴雲吐霧，從日正當中打到夕陽西沉，依然不分勝負，眼看天黑了……

黑風大王又把棒子架住：「姓孫的，天色已晚，歇息吧，明日再戰。」

孫悟空不答應：「又要吃午飯又要睡大覺的，哪有這麼守規矩的妖怪，再打，再打，再打！」

黑風大王不答話，化成一陣清風鑽進洞裡，加派人手緊關大門，任憑孫悟空在外頭又打又罵，他不出去就是不出去。

那一夜，黑風大王在燈下，輕輕撫著袈裟，看那紅光如流水，靜靜在室裡盤旋，望著佛衣，心花怒放，把臉輕輕貼在衣上……

「好美的袈裟。」黑風大王對著袈裟說。

「你說你要替我報仇。」獨角仙在他耳邊說。

「煩死了。」黑風大王彈彈手指，咚的一聲，獨角仙的角被釘在門板上。

「放我下來！」獨角仙大叫。

四周安安靜靜，大王在試衣服，小妖在洗桌子，沒人理他。

「放我下來……」這隻可憐的獨角仙吼破了喉嚨，也沒人理他。

兩天後，唯我獨尊佛衣大會開始了，接到請帖的妖怪們成群結隊的來了。

黑風大王的招待很殷勤的，進了門，坐在舒服的椅子上，吃著新鮮的水果。

茶香香的，酒香香的。

這些妖怪都很懂禮貌，知道要帶禮物來：百年的仙桃，千年的人蔘，野生的靈芝，禮物堆滿了院子，最珍貴的是凌虛道長的仙丹。

「小道敬獻一粒仙丹，祝大王千秋萬歲。」

凌虛道長的仙丹，在妖怪界裡是赫赫有名，有幸吃上一顆，身輕如燕，延年益壽。

黑風大王好開心：「謝謝啦，等會兒拿出袈裟，道長第一個欣賞。」

凌虛道長的仙丹在他手裡跳呀跳，彷彿裝了自動導航，它就這麼跳進黑風大王的嘴裡，自己滾進黑風大王的肚子裡。

「道長，真是讓人感動……」黑風大王正說呢，肚子裡卻感到一陣劇痛，哦，好像有人在裡頭拳打腳踢。

「痛呀！」黑風大王說。

「黑風大王，交佛衣出來吧。」肚子裡有個聲音傳出來，那聲音很熟悉，難道是……

「孫悟空，你……」黑風大王痛到坐不住，滾到地上哀嚎。

對面的凌虛道長晃晃身子，現出本尊，赫然是觀世音菩薩。

孫悟空太厲害了，找了觀世音菩薩來。

菩薩朝他伸出手：「黑風，袈裟呢？」

放我下來！

黑風大王在地上翻滾，他捨不得那麼美的袈裟。

孫悟空狠狠捏著他的腸，踢了他的肝，黑風大王痛得忍不住了：

「在後……在後屋。」

一說出袈裟的消息，那顆仙丹從他肚子裡骨碌骨碌滾出來，迎風一晃變成孫悟空。

「孫猴子，不要跑。」肚子不痛了，黑風大王追了上去，長鎗在手，凌空刺去。

孫悟空側身躲過，鑽到菩薩後頭，黑風大王追得急，差點兒撞到了菩薩，菩薩微微一笑，拋出一個金箍兒，這金箍兒也有自動導航，它套在黑風大王的頭上，生根發芽，拔不掉，動不了，黑風大王頭疼得丟了鎗，又在地上滾。

「別……別念，別念。」

菩薩問：「妖怪，你服不服？」

「服服服，菩薩饒命。」黑風大王跪在地上大叫。

菩薩說：「既然服氣，跟我回南海落伽山，當我的巡山大仙吧。」

「當了巡山大仙，還有新衣服穿嗎……」他追著菩薩問。

三天後，獨角仙終於把自己從門板上拔下來了。

他揉揉頭，不管是人還是妖怪，頭下腳上的被釘在門板上，都會腦充血的。

雖然頭暈眼花，他還記得報仇：「西天長路漫漫，總有厲害的妖怪等在前方，總有妖怪能擋住孫悟空。我要去找妖怪，組聯盟……」

5 九千九百九十六個和尚

滅法國國王五十歲生日時，許了一個願望。

別人許願是買新房、娶新娘，他許的願卻是要殺掉一萬個和尚。

這願望來自他的夢，夢裡有個金角藍翅膀的獨角仙說：「國王，速速找到四個和尚，把他們殺了。」獨角仙說那句話時，國王恰好翻身，沒聽清楚要殺幾個。醒來推敲了半天：

「要殺幾個和尚呢？」

「一個？十個？一百個？還是一千個？」國王弄不清楚，既然弄不清，那就豪氣一點：「湊個整數，殺掉一萬個和尚吧！」

「對，一定是一萬個和尚，那可是金角神仙說的話。」

國王很豪氣，命令執行得很澈底，全國的和尚殺完後，路過的僧人也不放過，甚至，滅法國裡的禿子、光頭或是頭髮太短的人，全都被當成和尚抓來殺。

寧可殺錯，也不可以放過。

鄰國的和尚，聽說滅法國殺僧，大家都搖頭：

「千萬別去找死呀，阿彌陀佛！」

「要是會飛就好了。」想去西天取經沒別的路，要是能飛的話……

「那也得等你當上大羅金仙再說吧。」

想當大羅金仙沒那麼容易；所以，想去西天取經的僧人，紛紛打了退堂鼓。

國王呵呵大笑：「想去西天取經？來呀來呀，我要殺得這些和尚，叫天天不應，叫地地不靈。」

夢裡，金角神仙向他豎起大姆指，國王笑得摸摸鬍子，死在他刀下的和尚，竟然已經九千九百九十六人。

只差四個啦！

再四個，就湊一萬個啦。

至於湊齊一萬個，金角神仙會不會賞他長生不老？滅法國國王很想在夢裡問，卻又一直忘了問。

「不管了，將軍們把守好城門，再四個和尚就有一萬個啦。」

國王宣布，城門口的士兵張大了眼睛，只是，春去秋來，根本沒有和尚敢往這兒來。

獨角仙很得意，原來他又混出新法術，能進入人們的夢裡，改變人們的願望。

「有國王的幫忙，我一定能報仇成功。」

這天，東邊的路上，來了四個和尚，騎在白馬上的是唐三藏，耍著鐵棒兒玩的是孫悟空，後頭跟著豬八戒和沙悟淨。

獨角仙開心哪，他跟在唐三藏後頭，不急不慢的飛著，這四個傻蛋，就要自己撞進滅法國了。

獨角仙得意忘形，沒有注意頭上。藍藍的天空，降下一朵祥雲，它壓住獨角仙，啊，是好心的觀世音菩薩來了。

菩薩怕取經人闖進滅法國，被國王抓到，那就沒人去取經了；菩薩

也怕國王惹惱了孫悟空，要是他大開殺戒，滅法國的百姓，哪經得起猴子那根鐵棒呢？

觀音菩薩喬裝成老婆婆，站在路邊指引他們。

「要小心，要謹慎！」菩薩交代完，飛走了；獨角仙正想爬起來，啪達，白馬恰好一踩，又把他踩進土裡啦。

直到取經四人組走了很遠很遠，他才氣呼呼的從土裡爬出來。

這天晚上，滅法國裡過元宵，家家戶戶掛著紅紅的燈籠。王小二的客棧外，也有一盞紅燈籠，喜氣洋洋，招來不少客人。王小二在店前招呼客人。遠途來的客人一進店，先把外套脫了，頭巾卸了，這才洗手洗腳，上床睡覺。

王小二很細心：「各位客官，出門在外，各人的衣物、行李都要小心看管。」

主人說完，客人急忙把衣服、頭巾收進房去。

一隻小蜜蜂，東邊飛，西邊飛，搖搖頭，嘆了一口氣。

蜜蜂會嘆氣？

王小二沒看到這一幕，他整夜在大廳裡忙，他的老婆也忙著哄孩子，今晚孩子特別愛哭，哄了好久才把孩子哄進夢鄉裡，捨不得睡，又在燈下縫縫補補。

那隻小蜜蜂，繞著屋子飛一圈，竟然撲上油燈，滋的一聲，油燈滅了，屋子裡一片漆黑，蜜蜂爬起來，漸漸的變大，變胖，最後變成一隻小老鼠，爬向客人們的衣服，咬了就往外跑。

小二衣店
阿肥鞋
偷衣妖！
700

王小二的老婆嚇一跳：「孩子的爹，不好了，小老鼠是偷衣妖，偷了客人的衣服了。」

「偷衣妖？」王小二拿著掃把衝過去準備打妖精。

門外一陣大喝：「王小二，我不是老鼠精，好漢子行不改名，坐不改姓，我是齊天大聖孫悟空，保護師父去西天取經，你們國王不知道發了什麼瘋，竟然要殺一萬個和尚，所以來你店裡借點衣服，替我師父改一下裝扮，等出了城，立刻拿來還給你。」

「妖精會講話？」王小二嚇得腿軟，暈了過去……

東門李大媽的客棧，今天生意很冷清，她也掛了紅燈籠，可惜這裡偏僻，沒什麼人經過。

李大媽搖搖頭，正想打烊時，來了四個客人一匹馬。她喜出望外，急忙派人牽馬餵草料：「客官，請進。」這是四個奇怪的客人，一進門先把燈吹熄了：「今晚有月亮，不用點油燈。」

店裡黑漆漆，李大媽摸黑問：「客人哪裡來的呀？」

一個身材矮小的客人說：「我們從北方來，要去西邊賣馬。」

「哦，賣馬呀？您年紀輕輕就會賣馬啦？」

矮客人說：「我是發育遲，年紀不輕了，算起來還是妳爺爺的爺爺的爺爺乘以一千倍呢。」

「客人愛說笑了，你們有多少馬呀？」

那客人正正經經，不像在開玩笑：「一百多匹馬。」

「客官放心，我的店院子寬，草料齊，二百匹馬也養得下，不過，咱們先小人，後君子，把房錢交了，好算帳。」

矮客人說：「你們這裡怎麼收費呢？」

李大媽說：「我這裡有上中下三種費用，上等的五道葷菜五道素菜，每一個人連房費五錢銀子。」

旁邊的胖客人好像在吞口水：「不貴不貴，中等的呢？」

「中等的葷菜、素菜各三盤，酒錢另算，每位二錢銀子。」

矮客人問：「那下等的費用呢？」

李大媽說：「下等的，沒人服侍，鍋裡的白飯任你們吃到飽，吃飽了，地上鋪個草蓆睡大覺，天亮時，隨便賞幾文飯錢，不過四位貴客不像吃下等飯的人呀。」

那胖胖客人說：「不不不，我最愛這種看鍋子吃飽飯，地上寬闊自己睡的了。」

李大媽一聽，眉頭一皺，好不容易進門的客人，不是有錢的財神爺，竟像四個窮鬼。

矮客人說：「兄弟，你說什麼話呢？我們做生意，日日辛苦，夜晚當然要好好休息，李大媽，就要上等的菜和房，上菜吧。」

李大媽笑得嘴巴合不攏：「伙計們，好茶沏上來，廚房裡的大廚師，宰雞宰鵝，淘白米煮飯嘍。」

矮客人一聽，急忙喊停：「李大媽呀，今天可別殺生，雞鴨鵝都放一天假，我們四人今天齋戒，吃不得葷。」

李大媽很驚訝：「不知道客人們吃什麼齋，是長年齋，還是初一、十五短齋？」

「都不是，就只是今天吃齋，你明天再去殺雞宰鵝吧，今天麻煩你送上素菜，飯錢一樣照上等的五錢銀子付。」

李大媽一聽，笑得更開心啦：「大廚、二廚和小廚子咧，別殺雞，別殺鴨，園子裡摘點兒青菜，拿點兒木耳、竹筍和麵筋下鍋，做白菜湯，煮白米飯。」

用素齋的材料，收上等的房錢，這筆買賣太划算了，李大媽哼著小曲兒，很快把飯菜送上來。

四個客人壓低音量吃，胖客人吃得快，一鍋飯幾乎都是他吃的。

外頭，偶爾有巡邏的士兵經過，聲勢洶洶，但李大媽說別怕：「國王派人抓和尚，不是抓你們這種好客人。」

她說的時候，白臉客人臉紅了，他的頭巾下，看不到頭髮。吃完飯，該上床睡覺了，李大媽說，樓上的房間好，窗戶一推開，又大又涼爽。

矮客人說不要：「我們朱三爺有風溼病，沙四爺肩膀怕吹風，唐大官人只能睡在黑屋裡，我也怕光亮。」

「這……這……」李大媽搖搖頭，回到廚房裡，靠著大灶嘆氣。

李大媽的女兒小薇問：「娘呀，今天難得客人來，你怎麼不開心呀？」

「小薇呀，娘不是愁沒買賣，只是這四個客人不住頭等房，說是要見不得光，吹不得風的房間，我們店裡沒有這種房間呀。」

小薇笑一笑：「娘，他們要住不透風的黑房子嗎？咱們店裡有呀。」

「在哪裡呀？」

「爹爹前幾年不是請人打了一個木櫃子，十尺寬七尺長，裡頭可以睡七、八個人，你請他們睡櫃子裡吧，這叫做『黑天暗地尊貴房』，睡一晚，十兩銀子。」

「睡櫃子，價錢要那麼高？他們肯嗎？」

小薇說：「娘，此事包在我身上，我去問。」

她走到前廳問：「客倌要的房，我們只剩一間『黑天暗地尊貴房』，十兩銀子一晚，你們……」

矮客人拍著手說：「好好好，就是黑天暗地尊貴房。」

他們興奮的擠進櫃子裡，還要求小薇：「把馬牽來綁在櫃子邊，插上鎖，沒我們吩咐，別開門。」

李大媽悄悄的說：「睡那櫃子裡，悶死了。」

小薇得意的說：「娘，只要有錢賺，悶不悶是他們的事呢。」

6 搶了一個大木櫃

這一晚，如果有人經過這櫃子，就會聽到裡頭四個人在說話。

「熱死了。」

「你腳過去一點。」

「八戒，把你的鼻子挪開。」

「悟淨，你別過來，我怕熱呀。」

啊，那是取經四人組嘛，他們怕國王抓，化妝成賣馬的客人，矮一點兒的是孫悟空，胖胖的是豬八戒，整晚喊熱的是沙悟淨，一直不說話的是唐三藏。

唐三藏為什麼不說話？他膽子特別小，怕被李大媽認出來：他是和尚，不是商人。

也是他們倒楣，這一晚，店裡竟然來了一夥強盜，帶頭的手裡拿著菜刀和鍋鏟，原來是店裡的大廚、二廚和小廚勾結土匪王大膽，開了門，拿著火把四處搜尋。

大廚說：「今晚有四個客人，包袱沉甸甸，裡頭一定有好多金銀財寶。」

廚師們領著土匪滿屋子找人，找來找去找不到，走到院子，看見那張大櫃子，一匹白馬繫在櫃子邊，櫃子鎖得緊緊的，打不開，撬不開，王大膽說：「這櫃子這麼重，裡頭絕對有金銀珠寶，咱們快把櫃子抬出城，用刀砍開來，大家分了吧。」

土匪們見「櫃子」眼開，說抬就抬，拉著白馬，抬著櫃子，搖搖晃晃的，到了城門口，守城的小兵擋不住他們，看著他們揚長而去。

小兵擋不住，急急忙忙報告將軍。將軍武藝非凡，責任心重，他親自點齊兵馬追出城。

城外，黑天暗地，遠遠看見幾枝火把，啊哈，是土匪王大膽嘛。

王大膽平常對老百姓粗聲粗氣，現在一看見大隊人馬，他嚇得自己先開溜。

土匪頭子跑了，其他人根本不敢抵抗，他們留下滿地的菜刀、鍋子和鍋鏟，還有一個怪怪的大木櫃和一匹白馬。

將軍在火光下看看那匹馬，真是好馬，他改騎著白馬，指揮士兵扛著木櫃進城去。

嘻，搶到
一箱珠寶。
好擠！

進了城，這個木櫃怎麼辦呢？

這麼晚了，鎖匠都睡了，沒人知道櫃子裡有什麼？

帶著一肚子疑問，將軍把隊伍解散了。

木櫃孤零零的留在皇宮前的廣場上。

偶爾有隻貓經過，牠停了一下，聽到裡頭有個人在抱怨：「都是你害了我，明天被發現，我們四個都要送去給滅法國王，讓他湊成一萬個和尚了。」

啊，那是唐三藏嘛。

沒多久，櫃子裡鑽出一隻小螞蟻，迎風幌幌現出原形，啊，是隻猴子。

這隻猴子拔了一撮毫毛，放進嘴裡嚼嚼，喊聲變，竟然變出幾千幾

萬隻小猴子，每隻小猴子手裡都有把剃刀，他們爬進每一戶人家，每一座宮殿……

櫃子裡，唐三藏還在低聲的抱怨，像在念南無阿彌陀佛。

櫃子裡，豬八戒呼嚕呼嚕打著呼。這麼悶這麼熱，隔天還要被人抓去殺頭，他竟然還睡得著？

滅法國的國王在做夢，他夢見自己殺了九千九百九十九個和尚啦。

「哈哈哈，寡人太開心啦，只要再一個就功德圓滿了。」他開心的手舞足蹈，突然覺得頭上涼涼的，他忍不住摸了摸頭頂，咦……

「寡人的頭髮怎麼都不見了？」

「頭髮都不見了，那不就是……和尚？」

他才剛想到這裡，四周傳來士兵們的聲音：「這裡！這裡還有一個和尚！」

「誰敢過來，我……我是你們的國王呀。」

帶頭的是將軍，將軍揮著大刀：「和尚，看你今天往哪裡跑？」

大刀劃起一陣白光，嚇得國王大叫一聲，他睜開眼睛，發現自己躺在龍床上：「原來只是一場夢，嚇死寡人了。」

國王拍拍胸口，正想再睡時，卻發現旁邊的皇后……什麼時候變成一個大光頭！

「不……不會吧？」國王驚恐的摸摸頭，天哪，他的頭上也沒有頭髮了，糟了糟了，他也變成和尚了。

不止國王，這一晚，滅法國的人們紛紛從夢中驚醒。

將軍、宰相的頭髮被人剃光了；王小二、李大媽成了光頭佬；甚至王公貴族、平民百姓，人人一律公平，個個都成了大光頭。

「還差四個和尚。」他們都記得國王的心願，一想到這裡，人人都覺得脖子一陣發涼，趕緊把棉被拉高一點，祈禱天永遠不要亮，明天永遠不要來。

這一晚的大街上，沒人敢出門。

這一晚的大街上，擠滿了小猴子，牠們靈巧的鑽進屋子裡，這邊幫衛兵理髮，那邊幫公主剃頭。

孫悟空站在雲上，看看太陽快起床了，念了聲訣，伸手一招，那些小猴子變成毫毛，自己再鑽回櫃子裡。

天亮了，街頭巷尾安安靜靜。

皇宮裡，宮女躲在房裡顫抖，她的頭頂光溜溜的，怎麼辦，天亮了，要去幫皇后梳頭，如果被皇后看見，她就要被帶去砍頭了。

皇后也在抖，她看看國王，國王的頭光光亮亮，連根頭髮也沒有。平時砍和尚的頭簡單，說砍就砍，輪到自己成了光頭，變成和尚……

「難道是寡人……來人呀，來人呀……」

國王喊了半天，沒人敢答話。

「來人呀，快來人呀！」國王喊了又喊，好久之後，外頭終於傳來一陣窸窸窣窣的聲音：「陛下，饒命呀！」

國王推開門一看，天哪，外頭跪滿了宮女、太監和侍衛，人人都是大光頭：「陛下，我們都做了和尚啦。」

不過，當他們一抬頭，心情就好很多了，因為人人都看到，國王和王后……嘻嘻嘻，也變成了光頭。

「一定是寡人殺了太多和尚，快，快把文武百官召集起來。」國王發著抖說。

傳集令下了很久，宰相、將軍、大臣一個個光著頭，驚惶的走進殿裡來。

不過，他們很快就安下心來了，因為，國王也沒頭髮啦。

國王愈想愈害怕：「從此以後，寡人再也不殺害和尚了，今天如果沒有事，就下朝了吧。」

眾臣正要告退，將軍卻上奏：「昨夜巡城，查得一個木櫃，一匹白

呃，我變光頭了！

馬，微臣不敢擅自打開，請國王看看。」

國王很高興，終於有件事，可以不去想光頭的事了：「把櫃子抬進來吧。」

那是個好大好大的櫃子，足足用了二十個士兵才抬得動。

鎖匠被召進來了，他把鎖頭打開，拉開櫃門，喝！一個白臉和尚念了聲佛號走了出來：「阿彌陀佛！」

那是唐三藏嘛。

後頭跟著孫悟空、沙悟淨和豬八戒，豬八戒一看到白馬，大喊了聲：「馬是我們的！」

將軍嚇得從馬上翻個跟頭，跌坐地上。

國王急忙下龍椅問：「你們從哪裡來？」

唐三藏說：「我們是東土大唐皇帝差往西天取經。」

「法師從東土來，為什麼會在這櫃子裡呢？」

唐三藏說：「貧僧知道陛下發願要殺和尚，只好假扮俗人，晚上到客棧借宿，又怕被人識破身分，只能躲在這櫃子裡安歇，不幸被土匪偷走，幸好將軍把我們救出來，今天有幸見到陛下，希望陛下能赦免貧僧。」

國王說：「都怪那個夢，夢裡有個金角神仙，是他叫朕殺僧。」

孫悟空問：「金角神仙？沒聽過。」

國王搖搖頭：「總之，經過這次事件，朕再也不敢對僧人不敬了，朕想拜法師為門徒。」

豬八戒聽了，呵呵大笑：「想拜我師父為門徒，拿什麼當見面禮

呀？」

國王道：「我願意把滅法國的財寶都獻上。」

孫悟空說：「我們師父是有道高僧，不收財寶，只希望你送我們出城即可。」

那天晚上，國王又做夢了。

金角藍翅膀的獨角仙一直在抱怨：「你怎麼放了他們走呢？你怎麼放了他們走呢？」

國王皺著眉頭，翻了個身，又翻了個身，怎麼翻，那隻獨角仙都在夢裡喊，他氣得食指一彈，咚的一聲，獨角仙被他從夢裡彈出去了……

誰能從夢裡把人彈出去？

原來國王的食指上，寫了個「孫」字，那是孫悟空幫他寫的，孫悟空說：「再有邪神敢靠近你，你就這麼一彈……」

可憐的獨角仙，被彈得暈頭轉向，在空中，飄呀飄呀，飄向了西方……

7 車遲國

車遲國三清觀，三清觀裡香火旺，道士們心誠意敬，早晚誦經念咒，聲音朗朗不間斷。

這會兒，虎力大仙帶著鹿力大仙、羊力大仙在祝禱，身後跪滿小道士，先祝國泰民安，又祈風調雨順。

眼觀鼻，鼻觀心，虎力大仙正想著今晚去哪家餐廳吃大餐，香爐邊，突然跳出一隻金角藍翅膀的獨角仙：「大仙，你能替我向孫悟空報仇嗎？」

虎力大仙瞄他一眼：「孫悟空，他是誰？」

「他保護唐三藏去西天取經。」

「和尚？」

獨角仙點點頭：「我知道你最討厭和尚。」

「哈哈哈，沒錯，和尚太討人厭了。」

獨角仙提醒他：「那個孫猴子的法力高，我們合力組成復仇者聯盟才能打敗他。」

虎力大仙揚起頭：「他的法力高？那是你還沒見過我們師兄弟的法術。」

二十年前，車遲國碰上大乾旱，三年沒下雨呀，車遲國最有名的和尚都來念經作法會，結果，一滴雨也求不下來。

幸好，虎力大仙帶著兩位師弟來，他們催符念咒打鐵令，向上天求來六寸八分的雨，國王歡天喜地，百姓拍手叫好，從此把他們奉為國師，凡事都聽他們的吩咐。車遲國的寺院，全被拆掉，車遲國的和尚，也都變成道士的奴隸。

想到這兒，虎力大仙微微一笑：「一隻取經的小猴子，有什麼好怕的。」

大仙挑起獨角仙，把他放進薰香爐：「你在這兒等著，就算取經和尚不來找我，我也要去找他呢，取經？可笑！」

大仙說完，繼續誦經念咒，香煙裊裊，氣氛莊嚴……

一個小道士驚恐的衝進來：「師尊，師尊！大事不妙！」

「慌什麼？」虎力大仙輕聲一斥，四周立刻安靜下來。

鹿力大仙也說：「心平氣和才是好道士，天塌下來，也有我們幫你頂著呀。」

「對對對，師尊說的是，」小道士終於緩過氣來，「城外五百個和尚，全教人放走了。」

「什麼？」虎力大仙眼睛瞪大了：「是誰那麼大膽，敢放了他們？」

「說是幾個東土來的和尚，帶頭的姓孫。」

虎力大仙微微一笑：「派人把他們抓來得了。」

小道士害怕的說：「士兵一接近那些和尚，他們背後就出現一隻圓睜怒眼的大猴子，嚇得沒人敢靠近。」

「大猴子？」

「對，三丈六尺高的猴子，五百個和尚，就有五百隻大猴子保護。」

薰香爐裡，獨角仙叫著：「就是他！大仙，孫猴子來了，那是他送給和尚的護身符，捏著拳頭就會顯影的把戲。」

「分身術這種法術，不足掛齒……」虎力大仙指揮若定，「取火把，帶人馬，大夥兒上街抓和尚。」

聽到抓和尚，大小道士全都站起來，二十年來，車遲國哪有和尚敢鬧事，今天竟然有五百個和尚開溜，這些道士們捲袖子，握拳頭，興奮得像要上山打獵。

獨角仙在薰香爐裡喊：「大仙，你別忘了我呀！」

大仙沒聽到，他被小道士簇擁著出發了。

火把點亮夜空，道士擠滿街頭，他們從城東走到城西，又從城南轉到了城北，走了一大圈，沒見到半個和尚。

「情報錯誤，回三清觀。」虎力大仙說。

大隊人馬還沒調頭呢，又來一個小道士：「師尊，三清觀裡鬧小偷！」

鹿力大仙問：「小偷？」

「弟子的手鈴忘在三清觀，進到觀裡，聽到有人在殿上呵呵大笑，這麼晚了，一定是小偷。」

「大膽，敢去三清觀偷東西？」

先是和尚被人放了，又有人進三清觀偷東西？虎力大仙一整個火氣上來，他怒氣沖沖衝進三清觀，吩咐大家鎖上大門，點上油燈：「哼！看小偷往哪裡躲？」

燈火照得大殿光亮亮，三尊神像不言不語，桌上的供品，只剩下一

堆葡萄皮、龍眼殼。

鹿力大仙說：「這哪是小偷？分明是個偷吃供品的賊。」

羊力大仙悄悄的說：「師兄，難道是我們日夜誦經禱告，感動三清爺爺，祂們下凡享用供品，我們還是趕緊拜告，趁他們尚未回返天庭，請三清爺爺賜些仙丹聖水。」

這一說，虎力大仙點點頭，如果真的是神仙降臨……

他命小道士排好跪好，敲鐘打磬，念經誦文，帶著大家呼喊：

「仙尊，仙尊，賜點兒仙丹吧！」

「仙尊，仙尊，賜點兒聖水吧！」

這麼虔誠，這麼隆重，神像果然開口：「晚輩小仙，別再拜祝，我們從蟠桃會過來，身上沒帶金丹聖水，改日再賜你們。」

道士們喜出望外，三清爺爺降臨車遲國，年紀大的道士眼眶含淚，活了一輩子，終於遇見神仙，感動呀。

這麼好的機會，要把握！

羊力大仙提醒師兄：「即使沒有仙丹，也要向神仙求長生不老呀。」

鹿力大仙急忙叩首：「仙尊，能否留點兒聖水，讓弟子們延壽長生？」

四周的小道士跟著大喊：「請仙尊留點兒聖水，讓弟子們延壽長生。」

一時間，三清觀裡鐘鼓齊鳴，好不熱鬧。

神仙想了一想：「既然小仙們如此誠心，我們就留下聖水，拿器皿來盛吧！」

道士們興奮極了，取花瓶，拿砂盆，虎力大仙乾脆扛來大水缸，如果水缸裝滿了，全城百姓都能喝一口。

神仙還吩咐：「晚輩小仙，你們到殿外等候，以免洩漏天機。」

想到有聖水可喝，人人眉開眼笑，退得心甘情願，月明星稀，一聲公雞啼叫在城西，三清觀裡呢，一陣一陣倒聖水的聲音嘩啦嘩啦的響著。

終於，裡頭傳來：「眾家小仙，來領聖水。」

一聽領聖水，三清觀又亂成一團，人人都想擠到前頭搶聖水，跑最快的是鹿力大仙，他貪心，舀了滿滿一大碗公，咕嚕咕嚕，一口全乾了。

喝完了，擠眉弄眼，看起來……怪怪的。

三清觀
味道怪怪的。

羊力大仙問：「師兄，聖水味道怎樣？」

鹿力大仙用舌頭舔了舔嘴邊：「不太好喝。」

「不會吧，我也嚐一口看看。」

羊力大仙喝了一大口，急忙吐出來：「有豬尿味。」

「豬尿？」虎力大仙也嚐了一口，「不不不，是猴子尿。」

只見臺上的神仙開口說話：「糊塗糊塗真糊塗，三清哪肯降凡間？我乃大唐取經僧，今夜無事，來吃供品，受你一拜，無可回報，撒尿一泡，聊表寸心。」

「撒尿？」虎力大仙大叫，「欺人太甚！徒弟們，抄傢伙，別讓他們跑了。」

道士們攔住門，拿起拖把、掃把和雞毛撢，拾起石頭和瓦塊，人人奮勇當先，掃把叉倒蠟燭、鮮花，瓦塊擊壞三清神像。

正以為那些搗蛋鬼無路可逃時，一陣風拂過他們頭頂，吹開緊閉的窗戶，外頭天色漸明，隱約可看見幾道影子，好像是猴子、肥豬和河童……

8 祈雨大賽

獨角仙在薰香爐裡喊：

「快去皇宮攔住孫悟空！」

「你答應要替我報仇的！」

虎力大仙被吵得睡不著，摀著耳朵坐起來：「知道啦！」

他把獨角仙放進口袋，氣呼呼，拉著師弟進皇宮。

皇宮外，繫了一匹白馬，皇宮裡頭，四個取經人站在大殿上。白臉斯文的叫做唐三藏，後頭三個徒弟，一個像猴子，一個像小豬，還有一個像是河童。

獨角仙提醒他：「那就是孫悟空。」

虎力大仙笑一笑：「不過就是一隻小猴子嘛。」

「可是他昨天騙你喝了……」

「他？那些尿？」虎力大仙氣得暴跳如雷：「陛下，他們昨天放走五百名和尚，半夜大鬧三清觀，請陛下殺了他們。」

「嗯，有道理，」國王說，「來人呀，把這四個和尚抓起來殺了！」

唐三藏嚇得眼眶泛淚：「孫悟空，都是你闖的禍，昨天放了那些和尚。」

孫悟空慢條斯理的說：「陛下，我們昨天剛到貴國，道路不熟，連三清觀在哪裡都不知道，怎麼會去鬧事呢？」

國王一聽，搔搔頭：「對喔，你說的也有道理，那就不殺了吧！」

虎力大仙急忙說：「陛下，該殺呀，他們……」

國王看看左邊，又看看右邊，他也不知道該怎麼辦。

突然，殿外一陣吵雜的聲音，幾個老人吵吵鬧鬧的進了殿：「陛下，這一年來，老天沒下過一滴雨，車遲國要鬧旱災啦。」

國王搔搔頭髮：「那該怎麼辦呢？」

老人們建議：「陛下，請國師祈雨呀，咱們國師祈雨的法術高。」

「祈雨呀？」國王突然笑了，「好好好，剛好大唐也有和尚來，今天寡人就請國師和取經和尚各祈一場雨，誰祈來甘霖誰就有理，哈哈哈。」

國王笑得好開心，覺得自己真聰明，想到這麼好的方法。

聽到要祈雨，虎力大仙好得意：「哈哈哈，簡單！」

孫悟空問：「你想怎麼祈雨呢？」

虎力大仙說：「我上壇祈雨，以令牌為號，一聲令，響風來；二聲令，響雲起；三聲響時，電閃雷鳴；四聲令響，大雨降落；五聲令響，雲散雨收。」

孫悟空拱拱手：「哦，好玩，好玩，快開始吧！」

皇宮外架起了高臺，臺邊插上二十八枝令旗，桌上有香爐，爐中香煙靄靄，底下五個大水缸，注滿清水，四周站滿道士……

大仙志得意滿的走上高臺，拿起寶劍，他念聲咒語，乒的一聲令牌響了，一陣清風悠悠吹來，令旗獵獵作響，圍觀眾人拍手叫好，不過，大家的掌聲都還沒停呢，風停了，令旗垂下去了。

旁邊的豬八戒大叫：「沒風，沒風，你不行，換我們上場。」

虎力大仙急忙燒黃符，打令牌，霎時滿天布滿雲霧，但雲霧只出來一下，又消失得無影無蹤。

豬八戒笑他：「騙人的道士，雲都到哪兒去了呢？」

虎力大仙不理他，解散頭髮，寶劍指天，念咒燒符噴水打令牌，但是這回，雷沒響，電也沒亮。大仙急得汗如雨下，又添香燭，又打令牌，赤腳高喝，卻是晴空萬里，連一滴雨也沒有。

大仙搖搖頭，想不明白怎麼回事，臺下的孫悟空說：「先生，你那四聲令牌都響了，風雲雷雨通通都沒來，該換我了吧？」

虎力大仙下臺向國王稟報說：「今天龍王爺不在家，今天求不到雨了。」

孫悟空大笑：「陛下，龍神都在家，只是國師的法術不靈，等和尚來祈雨吧。」

「哼！」虎力大仙下臺時，惡狠狠的瞪了唐三藏一眼。

唐三藏嚇得差點兒跌一跤，他危危顫顫上臺，沒催符沒耍劍，只是盤腿念經。

鹿力大仙指著他大笑：「這樣怎麼求得到雨哇！」

「呆子。」虎力大仙搖搖頭，也想笑話他，唐三藏只管低頭念經，那經文愈念愈大聲，朗朗經聲中，一陣大風吹來，風起雲湧，天空布滿烏雲，雷鳴電閃緊接而至，聲勢磅礡，國王嚇得躲到椅子底下，只聽屋頂傳來滴答雨聲，這雨霎時大了起來，劈里啪啦，嘩啦嘩啦，下得城裡城外一片汪洋。

國王急忙傳旨：「聖僧，雨夠啦，雨夠啦。」

雨夠啦，
雨夠啦！
別再念了！

聖旨一下，唐三藏隨即住口，他一住口，霎時風息雷停，雨散天清，國王滿心歡喜。文武百官都說：「真是強中自有強中手，從前國師求雨雖然靈驗，想要放晴，細雨總還要下個大半天，哪像大唐來的和尚，要晴就晴，要雨就雨，乾淨俐落。」

虎力大仙不服氣：「國王，這場雨不是他的功勞，那是我發符催咒打令牌請來的龍神，只是他們今天來得慢，被這和尚搶了功勞去。」

國王點點頭：「說得有理，真是國師的功勞。」

旁邊的孫悟空厲聲說：「陛下，四海龍王尚在天上，如果國師能請龍王現身，這場雨就算他的功勞。」

「龍王？唉呀，寡人做了二十年國王，還沒見過龍呢，國師，你請龍王出來讓朕開開眼界。」

虎力大仙搖搖頭，他可沒法子叫龍神出來。

孫悟空笑了笑，抬頭朝天，叫道：「東海龍王何在？請弟兄們出來與大家見見。」

雲霧裡，出現四條金龍，昂首屈爪，噴雲吐霧，國王喜得焚香禮拜，百姓家家戶戶設下香案，大家都說東土唐僧厲害，祈了雨，喚了龍，法力比國師強一百倍。

虎力大仙正想認輸，獨角仙卻在他口袋裡喊：「那是孫猴子上天搗亂，一定是他勒令風雲雷雨聽他號令，大仙，你不找孫猴子算帳，一世英名全毀了。」

「找他算帳？」

虎力大仙打開口袋，獨角仙跑出來：「只要你們師兄弟聯手，一定贏他。」

虎力大仙一聽，覺得有道理，他還有好多法術沒施展呢。他走上前：「陛下，臣不服氣，想跟和尚賭一場『雲梯顯聖』。」

國王很好奇：「什麼是雲梯顯聖？」

「疊五十張桌子，大家在上頭坐禪，誰動了誰就輸。」

虎力大仙說完，底下的文武百官全叫好，他們可沒看過什麼雲梯顯聖呢。

大仙笑著行了個禮，他退到一旁，卻瞄到唐三藏嚇得臉色發青：「這和尚絕對不敢比。」

沒想到，孫悟空不知道跟唐三藏說了什麼，唐三藏聽完了合著掌說：「貧僧會坐禪，可以試試看。」

僧道大門法，百姓們扶老攜幼的來了。

皇宮前大廣場，五十張桌子各疊成兩座高臺，臺子高得像伸到雲中了。

「爬上去，坐在上頭？」百姓們搖搖頭，「太可怕了。」

虎力大仙神情傲慢，他大搖大擺走出來，後頭跟著幾百個弟子，虎力大仙兩手張開，小徒弟替他脫了長袍，他拍拍手，徒弟送來清水洗手，他這才不急不徐的喊一聲「起」，一朵祥雲飛來，虎力大仙踏著雲，緩緩升到高臺，仙風道骨，就像個活神仙。

唐三藏呢？他慌慌張張的爬上一朵雲，他怕高，趴在雲上，搖搖晃晃的上高臺。

「光看上臺的架勢，國師贏定了。」車遲國的百姓說。

坐禪大賽開始了，兩個人坐在高臺上，一動不動的。

日正當中，氣溫好高，連一絲風也沒有。

獨角仙想，和尚常常坐禪，這麼比下去，絕對輸給唐三藏。他飛去找鹿力大仙，要他想辦法。

鹿力大仙冷冷哼了一聲，拔根頭髮，揉成一團，念聲訣，把它變成一隻臭蟲，彈到唐三藏的頭上。

哈哈哈，氣溫高，臭蟲咬，唐三藏縮頭聳肩坐不住，獨角仙正想拍拍手，但是，且慢，哪裡吹來一陣風，吹落唐僧頭上的臭蟲，更慘的是，那邊的國師咚的一聲，竟然從高臺跌下去，要不是他的法力高超，差點兒就要摔成泥。

「三藏法師獲勝。」國王宣布，「來人呀，替三藏法師倒換關文，恭送法師去取經。」

「且慢，」鹿力大仙說：「陛下，勝敗乃兵家常事，請讓我跟他比比『隔板猜物』」。

「什麼是『隔板猜物』？」

「貧道有透視眼，能看穿箱子裡的物品，不知道和尚敢不敢比？」

唐三藏當然不敢比，獨角仙好開心，只是孫悟空向唐三藏咬咬耳朵，他又點頭了。

「貧僧願試。」唐三藏一答應，這下更轟動了，萬人空巷，人人都想看國師與和尚比賽。

國王派人從皇宮內抬了個櫃子出來，裡頭的東西是皇后親手放的。

「請猜一猜皇后放了什麼東西進去？」國王問。

鹿力大仙看了看說：「是一件錦鏽彩織裙。」

「和尚猜是什麼呢？」國王問。

唐三藏說：「不是，裡頭是破銅爛鐵一把壺。」

國王很生氣：「和尚，車遲國沒有寶物嗎？怎麼可能放什麼破銅爛鐵一把壺？來人呀，把這無禮的和尚押下去，關起來。」

孫悟空在一旁高呼：「陛下，請把櫃子打開看看便知道，師父如果猜錯了，你再治罪吧。」

「哼，哼，哼，笑我車遲國無寶……」國王自己動手拉開櫃子的門，眾目睽睽，大家都看到了……

裡頭，真的是一把破破爛爛的茶壺。

國王大怒：「是誰放這東西進去的？」

皇后說：「陛下，臣妾親手放進去時，確實是一件錦繡彩織裙呀。」

「沒錯，我宮中哪有這種爛茶壺，哼，抬上櫃子來，待朕親自藏寶。」

藏什麼寶呢？皇上慎重的放進一顆大桃子，這才叫人抬到外頭。

羊力大仙搶先一步說：「貧道先猜，是顆大桃子。」

唐三藏搖搖頭：「不，是桃子核。」

國王大喝一聲：「什麼桃子核，我親手放桃子進去的，我宣布，國師猜對了。」

孫悟空說：「陛下，你還沒打開呢。」

「打開就打開，桃子就是桃……」國王的聲音在拉開櫃子門時停住了，因為櫃子裡，果然是顆被人吃得乾乾淨淨的桃子核。

「國師，讓他們走吧，朕親手放進去的桃子，怎麼會變桃核，一定是神仙在暗中幫助他們呀。」

獨角仙拉拉虎力大仙：「不是神仙，是孫猴子在作怪。」

虎力大仙不服氣：「陛下，臣猜這和尚有邪術，請把櫃子抬來，微臣親手破他的妖法。」

國王說：「妖法？你要怎麼破？」

虎力大仙說：「他的術法只能移物無法移人，臣藏個小道童，看他怎麼換？」

他喚來一位小道童，囑咐他躲在裡頭，命人抬出去。

「和尚，你猜裡頭是什麼呀？」國王問。

唐三藏合著掌說：「櫃子裡的，是個小和尚。」

「哈哈哈，你猜錯了。」虎力大仙好得意，只是他還沒笑完呢，櫃子的門被人從裡頭推開，一位光著頭的小和尚，敲著木魚，念著阿彌陀佛走出來。

「怎麼是和尚？」虎力大仙大叫。

「去吧去吧，你們快去西天取經吧。」國王說。

獨角仙不甘心，他跳到虎力大仙鼻頭上：「大仙，你們有三個師兄弟，怎麼能認輸？」

「可是，比什麼輸什麼，丟臉呀。」

「你是國師耶，別說喪氣話！這一定是孫悟空在作怪，是他變的爛茶壺，是他吃了桃子，也是他把你們的小道士剃成小和尚，國師，你該使出真本事雪恥呀。」

三個國師互相看一眼，異口同聲的說：「沒錯，我們還有大絕招。」

他們跪在國王面前說：「臣等願跟和尚比砍頭、剖腹和滾油鍋。」

國王擔心：「這三樣都會鬧出人命呀。」

虎力大仙說：「陛下放心，臣等自幼習法，砍頭只當是唱歌，剖腹權當做運動，至於滾油鍋，那只是洗洗澡，沒什麼大不了。」

孫悟空很開心：「陛下，太好了，我能不能和三位法師比一比，我也想玩砍頭、剖腹和滾油鍋。」

「既然這樣，那還等什麼？」國王興奮的派人在廣場設下刀斧手，百姓們聽說還要鬥法，又聚了過來。

孫悟空很得意：「好啦，先砍老孫吧。」

劊子手抓著他，捆成一團，按在臺上，大刀一落，真的把孫悟空的頭砍了下來，那顆頭被劊子手一踢，像西瓜似的，滾了三、四十步遠。

「喝，怎麼沒有血？」人們驚呼。

對呀，砍了頭，孫悟空的脖子竟然沒出血，只聽他的肚子裡傳來一聲：「頭來。」

那顆滾遠了的頭又骨碌骨碌的滾回去，鹿力大仙一見，念咒語，用力把頭定住。

孫悟空一連叫了幾聲「頭來」，那顆頭動也不動，獨角仙拍拍手，高呼：「孫悟空，死定了，死定了。」

沒想到孫悟空握著拳頭，掙了一掙，捆住他的繩子紛紛斷落，他站起身來，喝一聲：「長——」

颼的一聲，竟然又從脖子裡長出一顆頭來，嚇得劊子手跌坐地上，國王忍不住伸手摸摸孫悟空的脖子，竟然摸不到刀痕。

「好好好，你還是去取經吧，我知道你法力高。」

孫悟空不走，他說：「我想看國師被砍頭，看完再走。」國王對虎力大仙說：「小和尚不肯放過你，也要你上去砍頭呢。」

虎力大仙二話不說，自己走上刑臺，劊子手一樣把他的頭砍下來，踢出去，他的頭……滾走了，脖子也沒出血，肚子也喊了聲「頭來」，不過，那顆頭快滾回去虎力大仙身邊時，不知道從哪裡跑來一條大黃狗，叼著虎力大仙的頭跑走了。

虎力大仙的身子在等頭，一連叫了幾聲頭來，頭被狗咬了回不來，他也沒法子再長顆新頭來。

於是，在眾人的驚訝聲中，虎力大仙的脖子迸出紅光，倒在地上，變成——

「無頭黃毛大老虎？」人們嚇得連連向後退。

國王很驚訝：「國師是隻老虎精？」

鹿力大仙急忙上奏：「陛下，不知道那和尚使什麼法術，竟然把我師兄變成老虎，請陛下允許，讓臣與他賭『剖腹剜心』，替師兄報仇雪恥呀。」

「剖腹呀，這……」國王很擔心，如果鹿力大仙也死了……

孫悟空可等不及了：「小和尚這幾天肚子痛，正想剖開肚皮，把五臟六腑清理清理呢。」

他自己上刑臺，拿著牛耳尖刀，在一群姑娘的尖叫聲中，朝肚皮一割，打開肚子，動手將腸子一條條拉出來，理清楚，這才裝回去，摸摸肚皮，吹口仙氣，喊了聲「長——」，肚皮竟然又恢復原狀了。

國王嚇得雙手捧著關文：「四位聖僧，請上西天取經吧。」

孫悟空搖搖頭：「也請二國師剖剖肚子吧。」

鹿力大仙哼一聲：「剖腹剜心，我一天做三遍。」他昂首闊步上了臺，握著尖刀剖開肚子，也拿出肝腸，仔細的整理。

整理到一半時，空中飛來一隻餓鷹，抓著他的腸子，一飛沖天，不知飛向哪裡去了。

可憐的鹿力大仙，等不到腸子回家，最後，砰的一聲倒在臺上，成了一隻——

「沒心沒肺的白毛角鹿？」人們低呼。

國王震驚極了：「那不就是妖怪了？」

羊力大仙不服：「陛下，那是和尚使的妖術，矇騙大家的眼睛，請讓微臣跟小和尚賭賭下去油鍋洗澡吧。」

孫悟空拍著手說：「太好了，西天取經路漫漫，好久沒洗澡了，這幾天皮膚癢癢，趁這機會除除臭蟲，真是太好了。」

刑臺上，架起油鍋，底下燃著熊熊烈火，油被煮得沸滾，孫悟空脫了虎皮裙，歡欣的跳進油鍋裡，潛水浮泳，就像在水池嬉戲般。洗了半天，他才意猶未盡的爬起來。

「太厲害了。」國王走下龍椅，拉著他的手，「聖僧，讓朕親自送你們出關吧。」

孫悟空搖搖頭：「不急，不急，請三國師也下油鍋洗洗澡吧。」

國王為難的看看羊力大仙，羊力大仙脫了衣服，真的跳下油鍋。

油鍋沸騰，羊力大仙卻洗得神情愉快。

獨角仙正想吁一口氣，以為羊力大仙法力高，沒想到，一陣冷風由鍋底吹起，瞬間颳過眾人的臉，羊力大仙突然發出一聲慘叫，在油鍋裡打轉掙扎，最後沉入鍋底，最後被人撈起來一看，竟是一隻山羊精的骨骸。

「那是怎麼回事……」國王忍不住問。

孫悟空說：「你的國師練了一隻冷龍，冷龍盤在鍋子下，老孫請龍王把他帶走了。」

「可憐的國師。」國王嘆了口氣。

「國王呀，你怎麼執迷不悟呢？你的國師明明就是虎精、鹿精與羊精，你卻奉他們為國師，糊塗！」

說到糊塗兩字，孫悟空將金箍棒朝供桌一敲，砰的一聲，桌子斷成兩半，桌上的瓜果被震得彈飛起來。

滿天都是西瓜、葡萄和黑棗，哇，那顆黑棗飛到空中，竟然伸出翅膀，拍呀拍呀，原來那不是黑棗，是獨角仙。

獨角仙憤憤不平：「總有辦法的，總有辦法的……」

什麼辦法呢？

9 孤島老妖精

金箍棒威力強大，敲桌一震，獨角仙飛過高山與平原，越過大河與海灣，直飛到千里外一座孤島。

這座島很奇怪，晴空萬里曬不到，細雨綿綿淋不到。

孤孤單單的島，有顆孤孤單單的石頭，石頭上坐著另一隻獨角仙，金角藍翅膀。

獨角仙很生氣：「你是誰？怎麼長得跟我一模一樣？」

那隻獨角仙也問：「你是誰，怎麼長得跟我一模一樣？」

「我修練了一千五百年，你竟敢假冒我？」

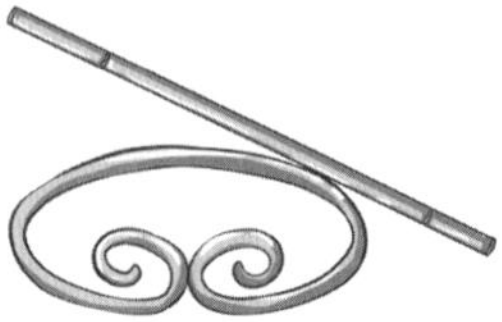

另一隻獨角仙也說：「我修練了一千五百年，你竟敢假冒我？」

「可惡。」這隻獨角仙迎風晃一晃，晃成三丈六尺高。

「可惡。」那隻獨角仙也晃一晃，晃得更高，竟有七丈二尺高。

「你……你太厲害了，但是有人比你更厲害。」獨角仙說。

「你……你太厲害了，但是有人比你更……咦，誰會比我厲害？」

這隻獨角仙說。

「孫悟空，他有七十二變，有金箍棒，還有觔斗雲，一翻十萬八千里。」

「呵呵呵，我有七十三變，也有金箍棒和觔斗雲，但是我一翻十萬八千零一里，比他多一里。」這隻獨角仙邊說邊變，抹抹臉，扭扭腰，果然變成孫悟空，拿著金箍棒，踏著觔斗雲。

獨角仙試探性的問：「你敢不敢找他比一比？」

「比一比嗎？那有趣嗎？」

「如果你打敗孫悟空，換你陪唐僧去取經，沿路打怪，那才好玩。」

一聽到好玩，妖怪的眼睛骨溜溜的轉呀轉：「好好好，老孫這就去取經。」他朝獨角仙招招手，「咱們去找老孫玩。」

「太棒了，我終於找到真正的高手，我們兩合體，組成復仇者聯盟。」獨角仙跳上觔斗雲，十萬八千零一里路，觔斗雲一翻就到。

地面上，取經四人組到了楊家莊。

楊家爺爺很熱情，聽說他們千里迢迢去取經，蒸饅頭、煮麵條，還給乾糧與衣裳：「路上風砂大，野獸妖怪多，唐師父要保重。」

唐三藏眼眶紅了：「謝謝老爺爺，取經回來，再來拜訪。」揮揮手，總要走的。

出了村子口，楊爺爺的大兒子帶著三十幾個強盜在那等著，要搶他們的行李。

「此樹是我爸爸栽，此路是我爺爺開，若想由此過，留下你們的錢財。」楊家大兒子口令背得溜，大刀被日光晒得亮亮的。

如果他們搶唐三藏，一定會成功，因為唐三藏渾身發抖：「大王饒命，大王饒命！」

可惜，唐三藏身邊還有孫悟空，孫悟空刀鎗不入，那是他大鬧天宮，在太上老君煉丹爐裡練出來的本事。

強盜拿著棍棒刀鎗，對著他又砍又剁，孫悟空像個沒事人，伸懶腰，做體操，等他們打累了，從耳朵掏出繡花針，迎風幌幌，變成碗來粗細的金箍棒。

「各位累了吧？換老孫動動筋骨。」

唐三藏怕強盜，不怕自己的徒弟，他知道孫悟空的本領高，如果讓他動了手……

「住手，你不能打……」

師父還沒喊出口，孫悟空已經衝進人群，金箍棒東指西打，碰著的就死，挨著的就傷，撞一下骨折，擦一下皮傷。

「這……這……這怎麼辦呀，阿彌陀佛，別打呀，別打呀。」唐三藏站在外圍喊著喊著，都快喊破喉嚨時，終於想到，他可以念緊箍兒咒呀。

咒咒咒
咒不聽勸告的猴子
咒咒咒
咒不聽師父的猴孫
咒咒……

孫悟空抱著頭在地上滾：「師父，別念了，老孫不敢啦。」

冷風呼呼吹過山崗，地上躺了二十幾個人，楊家爺爺得到消息，抱著大兒子，哭得好傷心：「兒子，兒子呀。」

唐三藏氣，指著孫悟空：「你不聽勸告，三番兩次打殺凡人，西天取經路，從此沒有你，你走吧！」

頭好痛！
老孫不敢了！

「師父，老孫再也不敢啦！」孫悟空說。

「我不要你了，你走！」

「我……我……」孫悟空拉著師父的手求情。

「放手，不然我再念。」

孫悟空無奈：「別念，別念，我真的去了，就怕我這一去，您上不了西天。」

唐三藏哼了一聲：「去不成西天，跟你無關。」

孫悟空跳上觔斗雲，走了。

空中的老妖精對獨角仙說：「好啦，換我去取經了，太好玩。」

獨角仙給他比個讚，跟著他，飛到了半空中。

唐僧又饑又渴，以前有孫悟空，化齋取水多方便，張嘴就有，今天……

「老豬去。」豬八戒拿了缽盂去化齋，去了一個時辰沒回來。

唐三藏等得口乾舌燥，沙悟淨把白馬拴牢：「師父，你坐坐，我去催催二師兄。」

沙悟淨走了，機會來了，妖精笑嘻嘻：「瞧我的吧。」

妖精拿著碗，碗裡裝滿清水，他跳下雲頭，跪在唐三藏面前：「師父，沒有老孫，你連水也喝不到的，呵呵呵，還是老孫來服侍你，你先喝了水，等會兒我再去找飯，呵呵呵。」

「哼，我不喝你的水。」

「哈哈哈，師父，別逞強，老孫不幫你，你去不成西天。」

唐三藏很生氣：「去不成也罷，潑猴，別纏我！」

「你罵我是潑猴？」妖精氣得把碗摔到地上，「你這個狠心的和尚，竟敢罵我？」他氣呼呼的把唐三藏推到地上，喔喔，唐三藏不禁推，倒在地上，昏了。

假孫悟空哈哈一笑：「倒了，倒了，真有趣。」他搶了唐三藏的行李，跳到了半空中。

「獨角仙，咱們去哪裡玩？」

獨角仙想了想：「去花果山吧，那裡是孫悟空的家，好不好？」

「搶孫猴子的島嗎？我喜歡。」

說走就走，觔斗雲一翻就到，看到假孫悟空，猴子們認不出真假，他們高興的喊著：「大聖爺爺回來啦！」

猴子簇擁著他：「大聖爺爺，您們不去取經啦？」

獨角仙又想到個新點子：「當然去，只是想帶你們一起去。」

「一起去，怎麼去哇？」滿山的猴子問。

獨角仙朝妖精呶呶嘴，老妖精點點頭，念聲訣，三隻小猴子變成唐僧、豬八戒和沙悟淨。

獨角仙拍拍手：「太像了，這樣去取經，絕對沒問題。」

「還有更好玩的呢。」妖精從包袱裡取出通關文牒：

東土大唐王皇帝李，駕前勒令御弟聖僧陳玄奘法師，上西方天竺國娑婆靈山大雷音寺專拜如來佛祖求經……

他念得正開心，空中傳來一聲厲喝：

「哪裡來的妖孽，膽敢變成老孫？占我的仙洞，搶我的徒子徒孫，在這裡胡作非為？」一字一句震得花果山山搖地動，嚇得猴子們抱著樹大叫地震。

獨角仙抬頭一瞧，乖乖隆得咚，孫悟空不知道哪裡得來的消息，竟然趕回來了。

「誰是真的大聖爺爺呀？」猴子們問。

「是呀，他們都一模一樣呀。」猴子們搖搖頭，認不清。

兩個齊天大聖的臉孔一樣，裝扮一樣，連說話的口音，手裡的鐵棒都一模一樣。

「我是真的。」這邊說。

「你是假的。」那邊說。

兩隻猴子分不清，鐵棒開打！他們邊打邊說：「咱們上南海，去找觀音菩薩，請他辨辨誰是誰非，誰真誰假。」

10 真假孫悟空

兩個孫行者，打到了南海落伽山，他們翻翻滾滾，驚動護山的神佛，神佛攔不住兩個孫悟空，急忙稟告觀世音。

「兩個大聖……大聖打上來啦。」

兩個齊天大聖揪著對方說：「菩薩，借借您的慧眼，替弟子認個真假。」

菩薩有大法力，依然分不清。這邊說我是真的，那邊說他是假的。

菩薩想了想，叫來木叉與善財童子：「你們一人抓住一個，我暗念緊箍兒咒，頭疼的那位便是真的。」

沒想到，菩薩念動咒語時，兩邊同時都喊痛，同時抱著頭在地上打滾：「別念啦，別念啦。」

菩薩的咒語一停，他們兩人又揪在一起，繼續打打鬧鬧。

菩薩無計可施：「孫悟空，你當年在天庭做過弼馬溫，大鬧天宮時，滿天神佛都認得你，你上天去請玉帝分辨吧。」

這邊的大聖謝恩，那邊的行者鞠躬，行完禮，兩人連頭也沒抬，拉拉扯扯，拳打腳踢，一飛飛上南天門，慌得四大天王使出兵器擋住入口：「住手，天庭不是吵架的地方！」

孫大聖說：「我保護唐僧去取經，他卻假冒我，我們從水簾洞打到南海找菩薩，菩薩也分不清，只好來天庭，請各位神明幫幫忙，替我們分真假。」

另個行者高呼：「你們是神仙，我們誰是真誰是假，你們應該一眼就能分明。」

「這……這……」南天門裡，四大天王搖搖頭。

神仙們嘆氣：「認不出來呀。」

兩個行者同時說：「既然辨不清，讓路讓路，我們找玉帝，他一定有辦法。」

眾神擋不住，他們打上靈霄寶殿。

玉帝問他們為什麼擅闖天宮？

這邊的大聖說：「萬歲，這妖精變作臣的模樣，希望您幫臣辨個明白，誰是真，誰是假？」

另邊的行者也這麼嚷著：「誰真誰假，只有玉帝有方法。」

玉帝請托塔天王李靖把照妖鏡拿來：「照照這兩人，分清真真假假。」

就算再會變化的妖精，被照妖鏡一照，都會現出原形，那是天神界裡一等一的神奇寶貝。

李天王拿著照妖鏡，照了半天，鏡子裡卻出現兩個孫悟空，長相相同，手上的金箍棒一樣。

這邊的大聖呵呵大笑，那邊的行者洋洋得意，連玉帝也被考倒了。

「沒有比這更好玩的事了。」好像有個孫悟空這麼說。

「誰跟你玩呀，你不要假冒我了。」另個孫悟空這麼說。

玉帝搖搖頭：「去吧去吧，別來煩我了。」

他們抓頭揪頸打出南天門，兩個行者都說：「我和你去見師父，看

照妖鏡
壞了？

看師父怎麼說！」

回到西天路上，豬八戒正守著唐僧。

他們異口同聲的叫著：「老豬，來打妖精，他是妖精！」

豬八戒看來看去，兩個都是大師兄，九齒釘耙不敢往下砸；沙僧有主意：「師父，我和二哥一人抓一個來，你念念緊箍咒，誰頭疼誰就是真的，不疼的，那百分之百是唬弄人的。」

只是，緊箍咒一念，兩邊都叫疼：「師父，您怎麼還咒我呀，別念，別念了呀。」

唐三藏住口不再往下念，兩個大聖同時說：「有勞兩位師弟保護師父，天庭不能辨明，師父也分不出真假，我和他到閻王殿，不分個清楚，絕不甘休。」

他們打打嚷嚷來到陰山背後，驚動滿山鬼魂戰戰兢兢，藏藏躲躲。

腳程快的小鬼跑入森羅殿：「大王，大王，兩個齊天大聖打下地府了。」

陰風滾滾，慘霧漫漫，兩個孫行者翻翻滾滾。

閻羅王擋著他們：「大聖，您們為什麼來亂幽冥，擾得大鬼小鬼驚魂不定？」

兩邊大聖說：「我保護唐僧去取經，他占了我的花果山，我跟他上天下地去辨真假，菩薩認不清，玉帝分不明，只好來幽冥，希望陰君幫我查查生死簿，看這個假的行者是哪裡出身。」

閻王請判官翻開生死簿，一一從頭查起。

當年孫悟空大鬧地府，他擅作主張，把猴子類的名字全部刪光，現在……

閻王說：「大聖，這裡查不到名字，你們還是到陽間去辨明白吧。」

一旁的地藏王菩薩說：「且慢，且慢，讓我請諦聽聽分明！」

「諦聽？」

諦聽是神獸，它整天伏在地藏王菩薩的桌下，能聽四大部洲極細微的聲音，不管是天地人神鬼，還是蠃鱗毛羽昆，諦聽一聽，就能分別善惡，判別賢良。

諦聽一聽：「我知道他是誰，但是不能說也不能抓。」

菩薩問：「說出來會怎樣？」

「如果喊出他的名字，我怕他搔擾地府，擾得幽冥不安。」

菩薩又問：「為什麼不能幫忙抓？」

「妖精的神通，跟孫大聖一樣強大，幽冥眾神無此法力，抓他不住。」

地藏王菩薩聽了說：「你們倆，模樣如一，神通無二，若要辨明，請找西天釋迦如來佛。」

這下，氣壞了真行者，樂壞了獨角仙，獨角仙覺得報仇有望，他緊抓著老妖精的衣領，告別地府，駕雲飛霧，翻翻滾滾打上西天。

西天雷音寺外，八大金剛喝住他們：「有什麼事好好講，這裡是……」

他們指著對方說：「這妖精變作我，我要請如來佛為我辨個虛實。」

「不可以進去。」八大金剛伸手想攔攔不住。

他們吵到如來佛座下：「弟子保護唐僧，往西來求經，一路有怪打怪，有魔降魔，不知費了多少精神。走至途中，與師父發生爭執，師父把我趕回去，弟子無奈，只得去南海，請觀音菩薩作主，沒想到，這個妖精假變弟子，聲音、相貌全都一模一樣，他將我師父推倒，又把行李搶去。我們兩人找觀音，上天宮、下幽冥，都無法分出誰是真誰是假，大膽來到雷音寺，請佛祖辨分明。」

佛祖合掌笑一笑：「誰真誰假，我一眼就知。」

諸天菩薩，滿天神佛都問：「佛祖，請問誰是真來誰是假？」

如來佛說：「世上萬物不是五仙：天、地、神、人、鬼，就是五蟲：蠃、鱗、毛、羽、昆。只是這妖精不是這十類，他不入十類之流。」

諸神問道：「那他是……」

如來說：「假悟空是六耳獼猴。他能知道千里外的事情，能細察千里外人說的話，他就像諦聽，善聽又善察明事理，知道事情的前因後果，才能把悟空學得微妙微肖，連天庭、地府也難辨明。」

老妖精聽到如來說出他的本名，嚇得膽戰心驚，跳起來就走。四菩薩、八金剛、五百阿羅、三千揭諦團團圍住他。

他搖身一變，變作一隻小蜜蜂，如來佛將金缽盂一蓋，蓋住那蜜蜂，等缽盂再揭起來時，底下果然是隻六耳獼猴。

孫大聖忍不住，舉起鐵棒，劈頭打死了妖精，咚的一聲，缽盂邊，掉下一隻小小獨角仙。

孫悟空又想打他，如來佛不忍心，說聲：「善哉！善哉！」

孫大聖說：「如來佛不該可憐他。這隻獨角仙，四處鼓動妖怪來攔我，罪不可恕。」

「說到取經，你快回去保護唐僧吧。」

「師父不要我了，請把鬆箍兒咒念念，褪下金箍圈，放我回花果山。」

「悟空，我請觀音菩薩送你去找師父，不怕他不收你，好好保護師父來取經，等到功德圓滿那一天，你也有蓮臺寶座可以坐。」

「有蓮臺寶座，老孫去取經。」孫悟空高高興興的走了。

大雷音寺裡，一片安靜祥和，獨角仙看看，好像沒人管他了：「那就再去找孫悟空報仇去。」

他心裡才這麼想，一隻小指頭攔著他，是如來佛。

「還想不開？」

「我呀，我……」

「找人家報仇哇？」佛祖說，「你混了一千五百年，還修不掉這身火氣？」

「我……我也想呀，但是……」

「這麼重的火氣，也只有大地能收你了。」佛祖指頭輕輕一壓，獨角仙又回到那片溫暖潮溼的土壤裡了。

「我抗議。」獨角仙在地裡說。

「我生氣。」獨角仙推推頂上的土。

「我不理你哦！」他幾乎喊破喉嚨，用盡力氣卻擠不出去。

「我……我，好吧，英雄不怕出身低，獨角仙也不怕自己混，我睡覺可以了吧？」獨角仙說睡就睡，他就在這片溫暖潮溼的土裡，進入了長長的夢鄉。

這一睡，又是五百年過去。

五百年後，唐三藏早已取經回來，歷史又發生了很多很多事。

五百年後，嗯，那好像又是另一個故事，是一臺怪手挖開這片土壤，然後……

讀書會

奇想西遊記《怪怪復仇者聯盟》故事裡出現了許多各色各樣的妖怪，這些妖怪們獻出了什麼計策呢？他們各有哪些「怪怪」的地方？
翻開【西遊妖怪小學堂】，一起討論吧！

書名祕密大解析

書名藏著故事的祕密，讓我們一起來解密：

1. 「怪怪復仇者聯盟」到底有多怪呢？
（例：獨角仙妖只靠睡覺就能修煉成妖怪）

2. 你還能從故事裡找出其他怪怪的地方嗎？

故事內容總整理

1. 獨角仙的復仇起因是什麼？

2. 形容一下，唐僧的袈裟有多美？

3 孫悟空跟金池長老們說他的師父有件袈裟寶物，當時的情緒應該是如何？

4 滅法國國王和車遲國國王有什麼相同點？

5 孤島老妖精為什麼那麼厲害，讓玉帝神佛都無法辨別出真假？

6 「諦聽」是哪一個陣營的角色？他有什麼本領？

7 在唐三藏與鹿力大仙比隔板猜物時，櫃子裡的東西到底是被誰置換了？他是怎麼辦到的？

角色換我當

1

如果你也想加入怪怪復仇者聯盟，你會想扮演故事裡的什麼角色？
或者你可以新創出什麼角色，獻出什麼計策？把你最炫的造型畫下來吧。

我是怪怪復仇者聯盟的＿＿＿＿＿＿（角色）

我的造形和武器法寶：

故事換我寫

1

這本書的最後寫到，獨角仙又睡了五百年。五百年後的今天，一臺怪手挖開土壤……，請你接著寫一篇獨角仙來到現代的精采故事。

提示：故事需有人物特色描述、時間、地點，以及情節要有起因、經過、結果。

推薦文

千古傳唱的「西遊」故事

國立中正大學中文系教授 **謝明勳**

多年之前，在盛極一時的知名電影：魔戒（The Lord of The Rings）首部曲中，曾經出現一段發人深省的話語：

不該被遺忘的東西也遺失了，歷史成為傳說，傳說成為神話。

乍看之下，這段文字似乎是平淡無奇，但是用以檢證人類的歷史文明，許多事情往往都是不謀而合，它不時可以印證「歷史、傳說、神話」三部曲式的演化，儼然已經成為「由史而文」的無形規律，在此同時，也讓歷史真實與文學虛構之間彼此相互交錯。

歷史上，玄奘法師的確是實有其人，西天取經也是實有其事，只不過在大唐肇建不久，外患威脅依舊持續存在，國家局勢尚未完全穩固的唐代初期，玄奘法師向官方正式提出之「西行求法」的宗教活動申請，並未獲得朝廷允許。然而，唐僧追求真理的熱切意志並沒有因此而被澆息，他改以私行偷渡的方式默默進行，在因緣巧合的情況下順利出關，開啟了一段艱苦的西域之行。不容諱言，這一段真實歷史在人們馳騁想像之後，已經與真正的歷史愈離愈遠，它無疑是人們有意美化其事的結果。姑且不論它是傳說也好，神話也好，在人們「看似無心，實則有意」之選擇性遺忘，以及通過文學作品美化其事的特殊效果，西遊故事在「唐僧西行取經」的不變框架下，加入神魔元素，後來出現之文學作品遂蛻變成為充滿歷劫、考驗之冒險遊歷旅程，在諸多神魔不斷施展法術變化的翻騰挪移下，許多原本驚險的考驗都變得趣味橫生，宗教追尋不再只是對於向道之人的心志考驗，沿途不斷出現之妖魔鬼怪的阻道刁難，反而讓冒險遊歷的果實因之變得更加甜美。

鬥智鬥法，令人目眩神迷

《西遊記》書中除了眾所熟知之「取經五聖」（唐三藏、孫悟空、豬八戒、沙和尚、龍馬）之外，不同之「單元故事」不時出現之妖魔鬼怪，其所採取之阻撓取經行動的手段與各自擁有之神奇法寶，都讓人們感到目眩神迷，讀者的心緒亦不時隨著故事情節的高下起伏而跌宕奔竄，正邪雙方的鬥智鬥法，以及滿天神佛的不時出手協助，都是人們津津樂道的重要一環，也是廣大讀者建立認知體系以及吸納知識的重要管道。

事實上，許多看似平常的法器，實際上都是某種特定思維的具現，諸如平頂山蓮花洞之金角大王與銀角大王，其所擁有之紫金紅葫蘆與羊脂玉淨瓶，能夠在人們回應其所呼之名後，將回應者予以吸入，這其實是一種「名字巫術」，講述故事的背後，實際上帶有某種教誨的目的。「三打白骨精」的鋪陳手法，則是文學上之「反復」（或稱「三復」），它以相同之語言、手法，接二連三的重復出現，這在民間講述以及通俗文學作品之中實頗為常見。

毘藍婆以其子昂日星官眼中煉成之金針，大破蜈蚣精之金光陣，則是源自於雞剋蜈蚣之物類「相剋」原理。兔子精拋繡球定親，則是「緣由天定」的一種婚姻習俗。人參果則是中國古老的仙鄉傳說，是對於「不死」與「異域」的想像書寫。紅孩兒一事則是觀世音菩薩與善財童子五十三參故事的改寫，西梁女國則是「女兒國」傳說的餘緒。「烏雞國」則是「無稽」的諧音，是西遊作者的文字遊戲。簡言之，書中許多故事都是文學與知識的載體，承負著當代社會對於閱聽者的潛移默化。

「西遊」故事流傳至今已經超過千年，在口語講述的過程中，它是充滿變異性的，即使是在文字文本寫定之後，也並不意味著西遊故事從此定型，它依舊可以在人們舌燦蓮花的講述過程，或是文學作家妙筆生花的改寫之中，以嶄新形態站上文學舞臺，得到新的文學生命，而眾所周知的神佛與妖怪，在此一文學「轉化」與「新變」的過程中，亦只不過是文學創作者重新賦予生命的有機體，只要能讓有趣的故事吸引住眾人目光，與時俱進之新元素的加入，都是西遊故事得以蛻變提升，走向群眾內心之中的一個開端，而【奇想西遊記】正是此類「故事新編」的嘗試之作。

經典文化向下深耕

眾所周知，文學是靈動而非凝滯，它絕非一成不變，而是必須與時俱進，換句話說，因應不同讀者群的需求，將眾人熟知之古典文學予以適度改寫，使之能夠漸次普及，此係文化向下深耕的重要一環。

回顧西遊故事的發展歷程，歷史上的玄奘法師並非奉命西行，而《西遊記》中對於唐太宗以聖主明君形象與玄奘結拜成異姓兄弟，稱其為「御弟」，無疑是不合史實的，然而這一點在欣賞《西遊記》這部偉大之文學作品時，實是無須深究的。或許，絕大多數人心中所認知的三藏法師，並不是來自於《大唐西域記》或是《大唐大慈恩寺三藏法師傳》的描述，而是襲自通俗小說《西遊記》的口耳相傳。通過這部「奇書」，我們依舊可以清晰看到玄奘法師肩負淑世濟眾的偉大宗教情操，讓長達十萬八千里艱苦萬端的取經路程充滿神聖的光輝，每一步都是有利於黎民百姓。所謂之「西天取經」，應當不只是對於人心的嚴格考驗，更是人生成長歷程的縮影。每一個人心頭當中都有一座靈山，我們可以用宗教之「由人成神」、「由俗轉聖」的歷程視之，也可以將它理解成是「人生理想」的不斷追尋與實踐，這或許更能符合一般普羅大眾的世俗眼光，也更能切合人心需求，而這一點應當是西遊故事之所以能夠吸引住歷代世人目光，而且歷久不衰的真正原因所在。

推薦文

從經典中再創西遊記的新視界

東海大學中文系副教授 許建崑

《西遊記》是一本家喻戶曉的神魔小說，充滿了奇幻色彩。全書共一百回，可以分為頭、頸、身體三個部位。

頭部有七回，描述孫悟空誕生，尋找水簾洞，跋山涉水向菩提祖師學法術，又向海龍王索討武器，撕毀閻王殿生死簿，接受了天庭招安，兩度封為弼馬温、齊天大聖，最後因偷吃蟠桃、仙酒、仙藥，被天庭通緝。他被二郎神打敗，關進太上老君八卦爐，僥倖逃脫，又向如來佛祖挑戰失敗，被壓在五行山下受懲罰。

頸部有五回，屬於過場性質。先說觀世音來中土尋找取經人；再交代唐三藏的父親陳光蕊被強盜所害，而母親將他「滿月抛江」，漂流到金山寺前，被長老收養。直到十八歲那年，他尋找母親，去萬花店與祖母相認，再行祭江救活了父親。故事緊接著一段「漁夫和樵夫對話」之後，引出涇河龍王與袁守誠、魏徵、唐太宗之間的瓜葛。唐太宗從地府返回陽間之後，派劉全送南瓜給閻王，幾經生死的折騰，也就虔心禮佛。而觀世音適時到來，點化唐三藏，讓他接受唐太宗的託付，前往西天取經。

至於身部，從第十三回開始到一百回，共有八十八回，包含四十一個小故事。唐三藏在途中收了孫悟空、龍馬、豬八戒、沙悟淨等人為徒，一同前往西天，途經黑風山、黃風嶺、五莊觀、白虎嶺、平頂山、盤絲洞、黃花觀、獅駝嶺，渡過了流沙河、黑水河、通天河、子母河、凌雲河，也通過寶象、烏雞、車遲、女兒、祭賽、朱紫、比丘、欽法、天竺等國家，一路上與虎、熊、牛、鹿、羊、鼠、豹、犀、蜘蛛、蜈蚣、樹等妖精戰鬥，也遭遇牛魔王、鐵扇公主、如意真仙、紅孩兒等黑手黨家族份子的刁難，更受到仙界成員的襲擊，如太上老君的童子、青牛，彌勒佛的童子，觀音的金魚，文殊、普賢的獅、象坐騎，佛祖的金雕，嫦娥身邊的玉兔，奎木狼星，還有老黿龜等造難。真是關關難過關關過，最終到達了西天，從佛祖那裡取回法、論、經三藏，完成使命。

這一百回故事充滿奇幻色彩，用傳統「說書」的語氣建構了光怪陸離的想像世界，展現先民對宗教神祇譜系化與歷史化的企圖，也反映了當時代社會、政治、經濟、文化等諸多面貌，同時又兼具諷刺、揶揄與遊戲的特質。但因為全書將近七十二萬字，篇幅甚大；故事雖然精采，其中的情節、思想、語彙，對現代小讀者而言未必適合閱讀。

有許多作家因此續寫、改編《西遊記》，或者以漫畫、電影、電視劇的方式再創。

然而，大部分的改寫者不是長篇改短，留下「精華」，失去「氣魄」；或者只利用角色、地名等「空架子」，任意改換故事情節，失去了經典的原味。

王文華的再創策略

王文華【奇想西遊記】的再創，則採取細緻的書寫策略，他保存原書細節，不任意發揮，使讀者輕而易舉的「重返」經典現場。為了兼顧讀者閱讀的時間和「體力」，他把原作冗長而無機拼貼的「頭—頸—身」架構，拆成了四組故事，並且找出赤腳大仙、獨角仙、白骨精、人參果等四個角色做為串場人物，提供了新的「鳥瞰」視角。

赤腳大仙被孫悟空騙了，錯失蟠桃盛宴，還被玉皇大帝誤為禍首，綁在捆仙柱上受折磨。他對孫悟空恨之入骨，雖然身在天庭，卻關注著地面上取經團的一舉一動。金角大王、銀角大王在平頂山所設的陷阱，他看得一清二楚；青牛精私自下凡，用太上老君的金剛琢，取走了孫悟空、李靖、哪吒、水部、火部、十八羅漢等神的武器，他也是幸災樂禍；通天河的金魚精，獅駝嶺的獅、象與大鵬精，都是觀世音、文殊、普賢、佛祖的「家人」，他們侵犯取經團的時候，赤腳大仙總是用力按讚！書名為「都是神仙惹的禍」，十分洽當。

第二部是長大成獨角仙的雞爺爺蟲，自號混世魔王，孫悟空不在家的時候占領了水簾洞，結果被孫悟空一腳踩到地底下。他變出金角藍翅膀，飛到黑風山，慫恿黑熊精搶奪唐三藏的袈裟；託夢給滅法國國王，唆使殺害一萬個和尚；又與車遲國的虎力、鹿力、羊力大仙組成「復仇者聯盟」，還是沒辦法整到孫悟空。獨角仙乾脆變成假孫悟空，與孫悟空爭高低。最後的結果可想而知，他又被埋在地底下，五百年後才能重見天日。

第三部是白骨精生前的小妖妖，掉進鍋子裡，被煮成了白骨，丟棄路旁，因為一心「想吃唐僧肉」，所以化作白骨精來作祟。他在寶象國，教唆奎木狼星抓住唐三藏；又去找盤絲洞蜘蛛精、黃花觀蜈蚣精，設下圈套；最後到了天竺國，與玉兔精聯手，無非要分得一塊唐僧肉。小妖妖最後沒有吃到唐僧肉，不過卻得了一份不錯的工作，還意外有了長生的機會。

最後一部題名為「神奇寶貝大進擊」。生長在五莊觀又醜又小的人參果，跟著孫悟空環遊仙島；又隨取經團西行，在途中遭遇了紅孩兒打劫；在寶林寺幫烏雞國王伸了冤；渡過子母河時，看見唐僧與豬八戒懷了孕，也體會了孫悟空忠心勤懇，努力救主人的熱忱；在小雷音寺，他幫助孫悟空收伏彌勒佛的小徒弟；最後在火焰山，見識羅剎公主芭蕉扇的威力，也親臨孫悟空大戰牛魔王的沙場。活了九千年的姆指頭，在旅途中，有了多次變化，很神奇呢！最後變成了姆指妹，她決定留在火焰山，培養出八百棵人參果樹，子子孫孫繁衍至今，有了好歸宿。

提供孩童新的視界

王文華的書寫策略，情節緊湊，文字潔淨，避開長篇累牘的鋪陳，也減低了形上哲學的論述，而仍然保有《西遊記》原典的赤子心情，顯然是成功的再創。更重要的是，這一套四部的【奇想西遊記】，在淺顯易懂的語彙中，與孩子分享日常生活的智慧與啟示，貼近了孩子的心坎。

孩子們可以選擇其中一本閱讀，行！要是愛不忍捨，連續讀上四本，也行！要是還不滿足，找出《西遊記》原典來，也可以一無阻礙的閱讀。因為王文華的思考模式與敘述視角，已經為孩子生發出更有效率的閱讀策略呢。

國家圖書館出版品預行編目資料

奇想西遊記. 2, 怪怪復仇者聯盟 / 王文華文 ; 托比圖.
-- 第一版. -- 臺北市 : 天下雜誌, 2014.09
176面 ; 17X21公分. -- （樂讀456系列）
ISBN 978-986-241-948-9（平裝）
859.6　103016523

奇想西遊記 2

怪怪復仇者聯盟

作者 | 王文華
繪者 | 托比
繪圖協力 | Hamburg、丸弟迪、小崔

責任編輯 | 蔡珮瑤
封面設計 | 蕭雅慧
行銷企劃 | 葉怡伶

天下雜誌群創辦人 | 殷允芃
董事長兼執行長 | 何琦瑜
媒體暨產品事業群
總經理 | 游玉雪
副總經理 | 林彥傑
總編輯 | 林欣靜
行銷總監 | 林育菁
副總監 | 李幼婷
版權主任 | 何晨瑋、黃微真

出版者 | 親子天下股份有限公司
地址 | 台北市 104 建國北路一段 96 號 4 樓
電話 | （02）2509-2800　傳真 | （02）2509-2462
網址 | www.parenting.com.tw
讀者服務專線 | （02）2662-0332　週一～週五：09:00~17:30
讀者服務傳真 | （02）2662-6048
客服信箱 | parenting@cw.com.tw
法律顧問 | 台英國際商務法律事務所 · 羅明通律師
製版印刷 | 中原造像股份有限公司
總經銷 | 大和圖書有限公司　電話：（02）8990-2588

出版日期 | 2014 年 9 月第一版第一次印行
2024 年 8 月第一版第二十六次印行
定　價 | 280 元
書　號 | BCKCJ027P
ISBN | 978-986-241-948-9（平裝）